Christel CLOT

LA RECLUSE

Édition : BoD – Books on Demand, info@bod.fr
Impression : BoD – Books on Demand,
In de Tarpen 42, Norderstedt (Allemagne)
Impression à la demande
ISBN : 978-2-3222-6945-7
Dépôt légal : Septembre 2021

À ma famille,

Je vous aime.

Christel

Il existe différentes façons de réagir face aux aléas de la vie. Certaines personnes se morfondent, se noient dans diverses substances, d'autres se détachent totalement de leurs émotions et deviennent narcissiques, puis, il y a ceux qui vivent ou survivent en se raccrochant à ce qu'ils peuvent.

Stacy aime les autres. Si vous l'appelez à l'aide, elle n'hésite pas une seconde. Toujours à l'écoute, c'est une personne qui réfléchit avant de parler afin d'éviter de blesser. Mais, à un moment donné dans sa vie, Stacy a décidé d'être seule avec ses chats, loin de toute civilisation.

Voici l'histoire de *La Recluse.*

1

STACY

Le jour se lève, j'aime entendre le chant des oiseaux, la plus belle des mélodies qu'il existe sur Terre.

Je suis allongée confortablement sous mon drap, je commence à peine à ouvrir l'œil que Princess, ma minette âgée de quatorze ans, le poil entre court et mi-long selon les parties de son corps, de couleur blanche tachetée de roux et de gris foncé, aux yeux marrons, frotte son nez contre ma joue. Elle est la mamie de la tribu des chats.

Empoisonnée à ses quatre ans, le vétérinaire lui avait prédit une espérance de vie de cinq ans maximum, elle résiste, c'est une battante.

Je la caresse au creux de ses oreilles, son rituel du matin, son ronronnement retentit, que c'est apaisant, c'est alors que Chouchou, mon minou de dix ans, au poil court couleur blanc et tigré gris clair par endroit dont les yeux sont d'un bleu incroyable, s'incruste, comme d'habitude. Son ronronnement couvre celui de Princess. Il aime montrer sa présence, un peu trop parfois.

Quant à Mymy, sœur de Chouchou, toute petite malgré son âge, au poil mi-long plus blanc que son frère et moins tigré, avec la même couleur des yeux, aime se coucher à mes pieds. Elle observe la scène du bout du lit, comme chaque matin.

Aujourd'hui, c'est une journée spéciale, je pars vers la civilisation pour effectuer mes courses alimentaires mensuelles.

Je vous avoue que je préfèrerai rester dans mon petit paradis mais il y a des obligations essentielles.

— Allez mes bébés, je me lève, dis-je en les poussant avec douceur.

J'enfile ma robe de chambre et mes charentaises, je descends l'escalier en bois, quelques marches grincent sous mon poids léger. J'aime entendre ce bruit, il est rassurant.

Direction la cuisine, elle est équipée de meubles en chêne massif qui s'accordent parfaitement avec les murs en pierres et les poutres apparentes, et du stricte nécessaire, un lave-linge, un frigo, un congélateur et un mini lave-vaisselle. J'ai opté pour un évier en pierre, une vasque me suffit amplement, avec un robinet en laiton pour rester dans le style de la maison. Une petite table en bois carrée est plaquée sous la fenêtre avec deux chaises assorties, les assises sont en pailles recouvertes de coussins couleur crème où je m'installe pour le repas les jours d'hiver. Je profite ainsi du paysage environnant. D'ailleurs toutes les pièces de la maison sont pourvues comme telle, à l'ancienne avec une touche de moderne.

Je prépare mon petit déjeuner. Un thé vert accompagné d'une tartine de pain aux céréales, un verre de jus de fruit et une compote à la pomme, le tout disposé sur un plateau repas.

Aujourd'hui, il fait beau, je vais pouvoir me poser sur la terrasse.

J'ouvre la baie vitrée de la salle à manger, une grande pièce du même style que la cuisine, l'odeur de la forêt envahit la maison, le chant des oiseaux s'accentue. Je prends mon plateau et je m'installe à table sous la vigne qui recouvre entièrement la terrasse. Elle apporte de la fraicheur l'été en laissant passer quelques rayons de soleil.

Cette journée s'annonce bien, un petit air léger frôle mon visage, c'est à ce moment précis que je décide de ma tenue vestimentaire.

Ah oui ! Je ne vous ai pas dit où je vis !

Le village le plus près se situe à environs quarante minutes en voiture.

J'habite au bout d'un chemin de terre, dans l'une des multiples forêts Ardéchoise, les Monts d'Ardèche. Je suis née ici, je n'ai jamais quitté mon département même si j'ai une préférence pour la mer ou l'océan.

À une époque, j'ai envisagé de m'installer vers la côte d'azur, ce fût qu'une envie parmi tant d'autres.

La propriété est entourée d'un grand mur en pierre de deux mètres de hauteur avec un portail impressionnant empêchant de voir l'intérieur.

Au bas de l'enceinte de la clôture, à environ un pied de largeur, j'ai installé un fil de pêche bien tendu avec, aux quatre extrémités de chaque mur, une clochette. À la moindre intrusion, je sais exactement où vérifier. Je me sens plus en sécurité même si parfois il s'agit simplement d'un animal.

Un portillon se situe à l'arrière de la propriété pour accéder à la forêt plus facilement où j'aime me balader malgré la parcelle de bois dans l'enceinte.

Lorsque vous entrez sur mon territoire, vous verrez le garage à votre gauche et la maison au centre. Une bâtisse typique du Pays, toute de pierres et de bois. L'entrée principale donne directement dans la salle à manger meublée d'un grand bahut en chêne massif et d'une grande table assortie avec ses six chaises recouvertes de coussins identiques à ceux de la cuisine. Plusieurs plantes sont disposées un peu dans chaque recoin, elles sont inondées de lumières et apportent une ambiance naturelle à la pièce. Seul le sol et la baie vitrée ne sont pas d'origine. J'ai choisi un carrelage moderne couleur crème pour éclaircir la pièce.

Face à l'entrée, une ouverture en forme d'arc permet d'accéder à la cuisine.

À votre droite, trois petites marches en pierres descendent vers le coin salon. Mon petit cocon empli de plantes vertes avec sa cheminée d'angle, la bibliothèque qui couvre tout un pan de mur, le canapé face à la cheminée où j'aime me relaxer soit, en lisant un livre, soit devant une série télévisée, un film, un documentaire grâce au téléviseur posé sur son meuble à côté de la cheminée. Cette pièce est dédiée à la détente.

Si vous revenez vers la pièce principale, vous apercevrez à votre gauche un escalier en bois, celui que j'ai emprunté au lever.

À l'étage, il y a deux chambres à droite, une salle d'eau et un w-c à gauche, disposé le long d'un petit couloir. Les sanitaires ne sont pas d'origines, ils ont étés installés dans la plus grande pièce divisée en deux parties. Tous les sols de cette partie de la maison sont en parquet bois naturel.

Ma chambre est la plus grande mais sans artifice, elle est sobre.

La deuxième réservée à mes invités, essentiellement la famille, dispose d'un lit deux personnes, d'un bureau et d'une armoire assortie.

En face des deux chambres, il y a la salle d'eau équipée d'une douche avec cabine pour éviter l'inondation, d'un lavabo blanc et son meuble gris, ainsi qu'une colonne identique où j'ai posé une plante verte tombante. J'ai installé plusieurs tapis spécial bain au sol aux teintes gris clair pour protéger le parquet d'éventuelles gouttes d'eau. Elle est spacieuse et lumineuse grâce à la grande fenêtre qui donne sur le jardin.

Le petit déjeuner étant pris, il est temps de me préparer pour mon expédition. Mais d'abord, je vais ouvrir quelques minutes le poulailler situé à l'arrière de la maison, les poules raffolent se promener sur le terrain. J'en ai cinq, elles sont toutes différentes, une blanche, deux rousses, une noire et une blanche et noire, mais elles sont toutes des poules pondeuses.

—Vais-je avoir des œufs aujourd'hui ? dis-je.

Elles ne pondent pas quotidiennement. J'avais peur qu'elles se battent entres elles mais tout se passent bien, la cohabitation s'est faite normalement.

Quant à mes chats, ils ne les attaquent pas, seul Chouchou a tendance à vouloir leur courir après.

Pour lui, les poules sont ses jouets vivants, elles sont habituées désormais. Heureusement d'ailleurs.

Le plus drôle c'est la poule blanche qui vient toujours picorer à côté de lui s'il se couche dehors, elle ne le laisse pas tranquille. C'est peut-être un jeu entre eux, allez savoir.

Je remonte à l'étage pour me préparer, ce sera un jean couleur caramel avec une brassière crème et une chemise transparente couleur beige clair. Des bottines marrons en cuir véritable sont appropriées pour la saison ainsi qu'un petit foulard de la même couleur.

J'ai une multitude de foulard, de toutes les couleurs possibles, unis ou à motifs, un pour chacune de mes tenues.

Je me maquille très peu, juste un peu de crayon noir aux yeux et du ricil, cela suffira amplement.

Quant à mes cheveux, de couleur châtain clair avec des reflets blonds et quelques mèches blanches semées par ci par là, long jusqu'au fessier et ondulés, ils restent libres de toute attache. D'ordinaire à la maison, je fais une tresse, c'est plus pratique, ils sont tellement épais. Mais lorsque je reçois ma famille ou lorsque je sors, j'aime les voir libres, les sentir dans mon dos, sauf en cas de fortes chaleurs ou de vent.

Je trouve que les cheveux longs et détachés c'est beaucoup plus féminin.

Me voici prête.

2

L'EXPÉDITION

Partir vers la civilisation est tout un challenge pour moi.

Princess se repose sur le canapé, elle dort beaucoup ces derniers temps, ce n'est pas bon signe.

Je cherche les deux autres, il est hors de question qu'ils restent dehors pendant mon absence. Mymy est allongée sur mon transat, elle surveille les poules qui sont venues devant la terrasse. Je la prends sous mon bras et je pars à la recherche de Monsieur Chouchou. L'avantage de ce chat c'est que dès qu'on l'appelle, il vient. Il me suit comme un véritable toutou. Nous pouvons tous rentrer, je ferme la baie vitrée et pose Mymy parterre.

La litière est propre, elle est rangée sous l'escalier, les chats l'utilisent quand ils sont confinés à l'intérieur. J'aurai pu installer une chatière mais cela ne m'inspire pas confiance, je n'aime vraiment pas les savoir à l'extérieur quand je suis absente.

Après la vérification de toutes les fenêtres, il ne me reste plus qu'à prendre mes sacs de courses, mon sac à main et mon téléphone. Je choisi mon sac Guess rose pastel que m'a offert Gaby pour la fête des mères en deux mille vingt-et-un, il sera en parfait accord avec ma tenue vestimentaire. J'accorde une grande importance à l'apparence lorsque je sors de mon cocon, tout doit être harmonieux.

—À tout à l'heure mes bébés.

Les clefs en main, je ferme la porte d'entrée à double tour. Je me dirige vers le garage, la porte commence à grincer, elle est de plus en plus difficile à ouvrir. Il va falloir que je pense à m'occuper de ce problème. Je dépose toutes mes affaires dans la voiture. Je débranche mon frigo de transport de la prise murale pour l'installer à l'avant côté passager. Je le branche à l'allume cigare. Au démarrage de la voiture, le moteur du réfrigérateur se remet en route. Tout est prêt.

Il me reste plus qu'à rentrer les poules dans leur habitat.

C'est parti.

J'ouvre le portail. Sortie de la propriété, je roule doucement sur ce chemin de terre qui s'avère difficile lors des jours de pluies, mais aujourd'hui, il fait beau, le chemin est sec. J'évite les trous tant bien que mal.

Après quelques minutes, me voici sur l'axe goudronné, premier pas vers la ville, une petite route étroite avec des virages bien serrés typiques Ardéchois.

Je traverse quelques hameaux qui paraissent vide mais très bien entretenus. J'aperçois la ville au loin, cette vue est magnifique ! Entourée de montagne, au creux de la vallée, la civilisation se dessine. Je ne m'en lasserai jamais.

J'approche de la route Nationale 102, celle qui relie Montélimar à Lempdes-sur-Allagnon, environs deux cent kilomètres avec un col nommé La Chavade traversant une partie des Monts d'Ardèche.

L'été, cette route est bondée de monde. Ici, il n'y a ni train, ni autoroute et ni aéroport. Voilà un petit moment que je roule lorsque j'approche de ma destination finale.

J'arrive à Aubenas et sa zone commerciale, je me souviens qu'enfant cette zone était vide, il y avait des champs à perte de vue. Désormais, vous trouverez de tout, restaurant, fastfood, vêtements, chaussures, articles de sport, meubles, bazar, lunettes, animaux... Bref, vraiment de tout.

Le magasin qui m'intéresse, Garden Center, se situe à l'extérieur de cette zone, juste à côté. Je me gare sur le grand parking. J'apprécie ce magasin car il est spacieux, les personnes ont de l'espace pour se déplacer, en plus, j'y trouve les articles nécessaires pour mes poules et le jardin.

—Bonjour ! dis-je en souriant à la caissière de l'entrée.

Le sourire est toujours de rigueur même si je vis recluse chez moi.

À l'entrée, il y a pleins de décorations pour l'intérieur mais également un rayon de produits du terroir. Je me dirige vers le rayon animalerie pour la nourriture de mes poules puis je flâne un peu au rayon plantes. Il y a vraiment le choix. Le temps passe, je vais en caisse.

L'avantage de ce magasin, c'est qu'il n'y a pas vraiment de monde, l'attente est minime. Je charge les achats sur la banquette arrière, puis je prends la direction du grand centre commercial du secteur situé à Saint-Étienne-De-Fontbellon, c'est à quelques minutes de là. J'ai toujours connu ce commerce, Centre E. Leclerc, nous y venions enfants tous les quinze jours. Puis, un Intermarché s'est construit vers chez nous, nous descendions alors à Aubenas que rarement. Je pourrais faire la même chose, il y en a un à quarante minutes de chez moi mais je préfère ici, il y a le choix et des prix accessibles. En plus, le magasin s'est agrandit pour proposer plus de produits et services, ils vendent même des produits du terroir beaucoup moins chers qu'ailleurs. Seul bémol, c'est rempli de monde, une horreur.

Je prends mon mal en patience, je me dirige dans les rayons avec mon caddy qui se remplit au fur et à mesure. Au rayon bio, une personne me bouscule, je manque trébucher.

— Oh pardon, dis-je par réflexe.

Aucune réaction de sa part !

La personne trace sa route comme si de rien n'était ! En mode normal ! Les gens ont de moins en moins de respect, c'est affligeant... mais plus rien ne m'étonne.

Je me hâte dans mes emplettes, je languis de rentrer.

— Stacy ? C'est bien toi ? m'interpelle une femme que je ne reconnais pas au premier abord.

— Euh oui ? répondis-je avec un air interrogateur.

— Nous étions ensemble au Lycée !

J'ai un instant de réflexion, oui, je la reconnais !

— Ah oui, excuse-moi Sandra, je ne t'avais pas reconnu sur le moment. Comment vas-tu ?

— Bien et toi ? Tu n'as pas changé, c'est dingue !

— Je vais bien, merci, j'ai pris quelques cheveux blancs quand même, dis-je sur un ton ironique.

— Tu deviens quoi ?

— Rien de spécial, je mène ma vie tranquillement et toi ?

— Pareil. Bon bin là, je suis pressée mais j'espère te recroiser bientôt peut-être...

— Oui peut-être, bonne continuation à toi.

— Merci, Salut !

Un échange court mais agréable malgré tout, je revois ma période lycée, l'insouciance de la vie, les rêves inassouvis, l'adolescence et ses tourments.

Que le temps passe vite...

Je regarde un peu les nouvelles sorties littéraires, le rayon est spacieux, il y en a pour tous les goûts. Certes cela ne vaut pas la FNAC qui se situe dans la zone commerciale d'Aubenas, mais c'est déjà bien. De toute façon, je n'ai pas prévu l'achat d'un livre dans mon budget d'aujourd'hui. Je suis juste un peu curieuse, j'aime tellement les livres, ma bibliothèque est archi pleine.

Ah oui ! C'est vrai !

J'ai oublié de vous dire, je suis auteure ou romancière si vous préférez, j'écris autant des romans court que long mais également des poèmes, je les partagerai avec vous volontiers plus tard, du moins, quelques un.

Derniers rayons à visiter, le surgelé et le frais. Je passe toujours à la fin par ces deux rayons alimentaires pour que la chaine de froid soit bien respectée.

Une fois fini, je me presse vers la caisse. La queue est longue, j'espère que mon frais va tenir, j'ai un peu de route à faire pour rentrer, environs cinquante-cinq minutes. Même si j'ai un frigo de voyage dans la voiture branché sur l'allume cigare, je crains toujours l'attente en caisse. En plus, les gens sont désagréables, je ne les comprendrai jamais ! Je garde le sourire en toute circonstance, un petit soupir néanmoins s'échappe de ma bouche.

Pratiquement vingt minutes entre le passage en caisse et la sortie du magasin ! La prochaine fois, je viendrai dès l'ouverture, il y aura peut-être moins de monde.

Je range les articles correctement dans le coffre, mon frais dans le frigo et mon surgelé dans un sac isotherme dernier cri censé tenir pratiquement deux heures. Par mesure de précaution, j'y ai rajouté une bouteille de deux litres d'eau congelée. Je m'installe et je pars. Même le parking est empli de monde, c'est impressionnant.

Je quitte les lieux avec soulagement, je suis libérée de cette corvée.

Vu l'heure avancée de la matinée, je mange un petit encas en attendant d'être arrivée chez moi, même s'il est interdit de grignoter en conduisant.

Un passage à la station essence est obligatoire, j'effectue le plein.

Waouh, j'hallucine !

Un euro quatre-vingt-deux centimes le litre de sans plomb quatre-vingt-dix-huit ! L'essence est de plus en plus chère, bientôt, ce sera un luxe de rouler en voiture.

L'union européenne a décidé d'interdire tous les véhicules à essences et à gasoils dès deux mille trente-cinq, dans une dizaine d'années. J'envisage l'achat d'une voiture électrique. J'y pense depuis longtemps mais je veux d'abord user ma voiture actuelle jusqu'au bout de ses capacités.

Quand je vois les casses automobiles et tous ces véhicules hors service, c'est horrible pour la nature et l'environnement. Certes, l'être humain a fait une belle avancée avec la technologie mais il a oublié de penser aux conséquences qu'elle engendrerait. La nature humaine est ainsi !

Aurevoir magasin !
Aurevoir ville !
Aurevoir civilisation !
Rendez-vous dans quelques semaines.

Le retour se passe sans encombre, tranquillement. L'hiver, il m'arrive de ne pas pouvoir sortir de chez moi lorsque le chemin n'est pas déneigé ou trop gelé. Même le facteur a parfois du mal à livrer le courrier, il a consigne de le garder à la poste jusqu'à ce que la livraison soit à nouveau possible. Il est sympa mon facteur, l'une des rares personnes à venir sur mon territoire. J'aurais pu installer une boîte aux lettres à l'entrée du chemin pour faciliter le dépôt mais cela aurait signalé ma présence. Là, au moins, les personnes qui circulent sur la route ne se doutent pas qu'il y a une propriété au bout de ce chemin en terre.

Je vous avoue que les seuls qui connaissent mon environnement sont ma famille et le facteur.

3

LA NOUVELLE

Lorsque j'ouvre le portail, une Lamborghini Urus noire et jaune est garée dans la cour, il s'agit de mon fils, mais pourquoi est-il venu à l'improviste ?

Mes enfants sont les seuls à avoir un double de mes clefs, juste au cas où. Je n'ai pas une seule fois vérifié mon téléphone de toute la matinée, je suis certaine qu'il a essayé de me joindre.

Oh mon Dieu !

Plusieurs appels en absence de mes enfants, il a dû se passer quelque chose d'important.

John, mon fils, âgé de trente-deux ans, de taille normal, svelte et musclé juste ce qu'il faut, sort me rejoindre. Il est beau mon fils, toujours bien habillé, c'est un homme respectable.

— Bonjour Maman, il va vraiment falloir goudronner ce maudit chemin ! Regarde l'état de ma voiture !

— Bonjour mon Cœur, que se passe-t-il ? Je viens de voir tous les appels en absence.

Je passe à côté de sa voiture, en effet, elle n'a pas aimé les trous et la terre. Quelle idée de venir avec un véhicule neuf, même s'il s'agit d'un SUV, vu l'état du chemin, c'est risqué.

— Je t'aide à décharger tes courses puis je te dirai tout.

— Entendu. As-tu mangé ?

— Non

— Veux-tu manger avec moi ?

— Oui mais vite fait alors, je n'ai pas le temps de m'attarder.

Nous rentrons les bras chargés dans la cuisine, les chats sont là, ils viennent nous accueillir. Chouchou sent les sacs de courses, il se doute bien que j'ai rapporté ses fameuses croquettes. Attention, Monsieur Chouchou ne mange pas n'importe quelle croquette, et il sait se faire comprendre si j'ai le malheur de me tromper.

Je range en priorité le surgelé et le frais, j'en profite pour sortir du congélateur un plat que j'avais cuisiné. Le reste attendra un peu.

Mon fils, ma fierté ! Il est devenu l'homme qu'il voulait malgré un départ de vie très difficile, il a surmonté toutes les épreuves avec force et courage tel que mes deux filles Sandy, trente-quatre ans, architecte renommée et Gaby vingt-cinq ans, infirmière. Il a une société de location de voiture de luxe avec un parc automobile impressionnant, vous y trouverez une grande majorité de marques (Lamborghini, Ferrari, Porsche...), il y en a pour tous les goûts.

— Franchement Maman, à quoi sert ton portable si tu ne réponds pas ? dit-il sur un ton agacé.

— Installe-toi, je prépare les assiettes.

Je mets le plat au micro-ondes, ce sera prêt en quelques minutes.

— Qu'est-ce qu'il se passe pour que vous m'appeliez tous ?

— Papa est mort cette nuit !

— Ah d'accord.

— Oui, et bien sûr, c'est nous, ses enfants, qui devons tout prendre en charge !

— Il n'avait pas prescrit une assurance obsèques ?

— On ne sait pas, nous devons regarder tous ses documents, Sandy et Gaby me rejoignent chez lui en début de soirée. Je dois passer au bureau d'abord, j'ai un rendez-vous professionnel important. Vu que tu ne répondais pas au téléphone, je me suis inquiété ! S'il te plait, garde-le prés de toi ! Je ne vais pas me déplacer jusqu'à ton coin perdu pour vérifier si tout va bien à chaque fois que tu ne réponds pas !

— Ne t'inquiète pas pour moi mon cœur, comment va ta femme ?

— Ça va. Tranquillement. Viendras-tu à l'enterrement ?

— Non, dis-je net.

— Je me doutais bien de ta réponse.

Il finit de manger et dépose son assiette dans l'évier. Je l'observe, il semble fatigué et tendu. J'espère que tout va bien, je me doute qu'il y a autre chose qui le turlupine, je le sens... Je connais mon fils par cœur, puis j'ai ce petit pressentiment qui ne s'explique pas.

— Je dois partir, bonne après-midi, me dit-il.

— Merci, bonne après-midi à toi aussi et bon courage. Sois prudent sur la route, et envoie-moi un sms quand tu es bien arrivé. Passe le bonjour à ta femme, je contacterai tes sœurs plus tard.

— Ok

Je lui fais trois bises et lui chuchote au creux de l'oreille :

— Je t'aime mon Cœur.

— Moi aussi Maman.

Je l'accompagne jusqu'au pas de la porte, je lui ouvre le portail, sa voiture s'éloigne, je referme le portail. Et voilà, mon ex époux est décédé.

Depuis le temps qu'il prétendait qu'il allait mourir. Je ne compte même plus les années.

Le père de mes trois enfants, cinquante-huit ans, le grand Amour de ma vie, il n'y a qu'un pas entre l'Amour et la Haine.

Je l'ai connu à mes dix-sept ans lors d'un bal de village, un beau brun ténébreux dont les filles étaient toutes après lui. Il avait six ans de plus que moi mais peu m'importait. Un charmeur qui, aujourd'hui, n'aurait aucune chance !

À cette époque, l'année mille neuf cent quatre-vingt-onze, il n'y avait ni téléphone portable, ni réseaux sociaux, nous nous rencontrions lors des bals de village.

Je me pose un instant pour digérer la nouvelle, j'en profite pour envoyer un message à mes filles, juste leur dire que si elles ont besoin de parler, je suis là.

La relation que j'ai avec ma fille ainée est complexe, ce n'est que depuis récemment qu'elle me reparle. Sandy avait coupé tous liens avec moi dès sa majorité, je n'ai jamais vraiment compris pourquoi. Maintenant que notre relation se stabilise, je ne veux pas parler du passé, peu m'importe les raisons. Nous sommes tous amenés à faire des choix parfois difficiles à un moment donné dans notre vie, c'est ainsi. Le passé est passé, le présent est présent, le futur sera futur, ma devise préférée.

Heureusement, c'est totalement différent avec ma petite dernière Gaby, notre relation est fusionnelle. Elle est la première à mettre au monde un petit garçon, Nolan, mon rayon de soleil âgé de huit ans qui fait de moi une mamie comblée. Que le temps passe vite...

Je finis de ranger mes achats, l'après-midi est déjà bien entamée.

Le temps se gâte, le ciel s'assombrit, je sors vérifier le poulailler qu'il ne manque ni d'eau ni d'alimentation, je rentre et je monte à l'étage me changer.

J'enfile ma robe fabriquée au Pakistan il y a un demi-siècle environ, une longue robe aux couleurs bordeaux, blanches et bleues marines, des motifs orientaux et de longues manches en forme de triangle, cent pour cent coton. Je me sens à l'aise dans cette robe, elle est parfaite pour ce temps-là.

Je m'installe sur mon canapé avec l'ordinateur, une tasse fumante de thé vert posée sur la table basse, mon téléphone près de moi, et je continue l'écriture de mon roman.

Mes chats me rejoignent, chacun trouve sa place, le canapé est assez grand. Je l'ai recouvert d'un plaid pour les poils, ils les perdent constamment ce qui n'arrange pas mes problèmes de sinusites chroniques.

J'ai subi une intervention chirurgicale, un polype nasal, il y a quelques années en arrière, mais cela n'a pas vraiment résolu le problème. J'ai appris à vivre avec en adaptant une hygiène de vie totalement différente, j'utilise essentiellement les plantes sauf pour le mal de tête, lorsqu'il atteint un taux de douleur trop élevé, je prends une aspirine. J'ai vraiment du mal à me concentrer, cette visite surprise me tourmente comme si... Je ne saurai vous l'expliquer.

Après un peu plus d'une heure, je n'ai guère avancé, un « bip » me sort de mes pensées, j'ai reçu un message :

Cc Maman, je suis bien arrivé. Je t'aime, gros bisous.

Je lui réponds sans attendre. Je vous avoue que le voir au volant de gros bolides m'effraye, je suis de nature anxieuse, à toujours m'inquiéter pour ceux que j'aime, et encore plus quand il s'agit de mes enfants ou mon petit fils. De le savoir arrivé à bon port, c'est un soulagement.

Certes, mes enfants subissent la perte d'un parent, leur père, mais ils savent qu'ils peuvent compter sur moi en cas de besoin, malgré tout.

La journée s'achève, je suis lasse, je vais me coucher tôt ce soir.

J'ai la flemme de cuisiner, je vais donc grignoter, pour une fois, ce n'est pas bien grave. Je prends mon encas dans la cuisine, le regard vers l'extérieur. Qu'est-ce que j'aime cette tranquillité. Une fois fini, je range un peu la pièce puis je monte à l'étage. Une journée s'achève, les bras de Morphée m'attendent.

4

LE SONGE

Il fait sombre, le ciel est noir, je suis perdue dans un lieu qui ressemble aux ténèbres avec d'intenses éclairs et grondements.

Au loin, j'aperçois une montagne, pas celle de chez moi, non, une montagne toute ronde aussi sombre que le ciel. Je cours, du moins, j'essaye de courir le plus vite possible mais je n'avance pas bon sang !

Pourquoi je n'avance pas ?

Une chose vraiment menaçante se rapproche de plus en plus, un couteau à la main, pas le petit couteau de cuisine mais celui d'un boucher avec une longue lame épaisse, celle qui trancherait un morceau de bœuf osseux sans aucune difficulté. Je discerne que le couteau.

— Laissez-moi tranquille ! Je suis Stacy ! Hurlé-je.

Je ne reconnais pas l'être qui me poursuit, un homme, une femme, un animal sur jambe ? Il m'est impossible de savoir jusqu'à ce que j'entende sa voix.

— Je vais te tuer ! Je vais te tuer sale truite d'égout ! Sale truite de caniveau ! crie l'être étrange.

Cette voix je la connais, j'en suis certaine, mais je cours et je n'avance toujours pas, j'ai l'impression de faire du sur place.

- Ne te retourne pas, il faut que tu lui échappes ! me dis-je.

Rien à faire, mes jambes n'ont plus de force, et pourtant je continue d'essayer encore et encore. Je fixe cette montagne, il faut que je l'atteigne ! Il n'y a rien autour de moi pour me protéger, je n'ai pas le choix.

Les secondes semblent durer des minutes qui, à leur tour, semblent durer des heures.

La chose se rapproche dangereusement.

Lorsque, d'un coup sec, elle m'attrape par les cheveux, elle me lèche la joue droite avec sa langue, elle plaque son couteau sous ma gorge, je peux ressentir le froid de la lame qui me griffe, et là, comme par enchantement, je me réveille.

Je suis en sueur.

Chouchou est sur mon torse, les deux pattes avant au niveau de mon cou dont l'une s'est agrippée à ma tresse, il me lave le visage, ce n'était qu'un simple cauchemar. Voilà un moment que je n'avais pas rêvé ainsi.

Les émotions sont quadruplées, c'est incroyable, le subconscient arrive à un tel résultat de sensation que tout semble réelle.

La sensation de ne pas avancer, la sensation de peur, la sensation de ressentir les actes, c'est à la fois effrayant et fascinant. Le rêve s'associe à ce qu'il se passe véritablement à l'instant précis.

Je m'explique, lorsque j'ai ressenti la chose m'attraper par les cheveux, une patte de Chouchou est prise dans ma tresse. Quant à la sensation d'être léchée, une fois de plus, c'est mon chat. Idem pour le couteau sous la gorge, il a ses pattes au niveau de celle-ci.

Notre cerveau arrive à créer un univers selon la réalité de l'instant présent et le rêve, en se basant, en plus, sur notre vécu. C'est un véritable mystère. À ce jour, personne n'a réussi à trouver une explication, ni même à comprendre son fonctionnement.

Princess est assise sur le côté du lit au niveau de ma tête, elle m'observe avec de grands yeux écarquillés, Mymy dort à mes pieds.

J'entends le ciel gronder, le vent siffle entre les arbres, quelques faisceaux de lumières apparaissent à travers les volets fermés.

Je me lève, j'ai besoin de m'hydrater avec une bonne douche et pourquoi pas un thé. Cette voix résonne encore dans ma tête, je n'arrive pas à l'ignorer, comme si mon inconscient voudrait me rappeler le passé. Il ne faut surtout pas que je rentre dans ce jeu-là, rien ne doit perturber ma vie actuelle. Si j'ai fait le choix de vivre à la montagne loin de tout, ce n'est pas pour que mon passé frappe à la porte et s'incruste à nouveau. Il en est hors de question !

Direction la salle d'eau.

L'eau chaude ruisselle sur mon visage, cela me fait un bien fou. Je ferme les yeux et je savoure. J'attrape mon peignoir, je descends me préparer un thé vert, je serai bien au creux de mon canapé quelques minutes.

Mes trois bébés me suivent pas à pas, ils sont mon réconfort quotidien, d'une douceur infinie, jamais de méchanceté de leur part. J'estime que j'ai de la chance, certains chats sont agressifs et méchants mais pas les miens.

Les évènements de la journée ont surement été l'élément déclencheur de ce mauvais rêve.

Tout en câlinant mes chats, je planifie ma journée de tout à l'heure, la nuit est bien avancée. Mes plants de légumes sont assez grands pour être plantés en pleine terre, je vais donc me consacrer au jardin. Je fabrique mes propres plants à base de graines des précédentes récoltes, aucun engrais, ni pesticides ne sont utilisés. Je jardine comme à l'antan, la meilleure façon de procéder. Lorsque la récolte est faite, soit je cuisine les légumes, soit je les coupe en morceaux et je congèle immédiatement. Dans les deux cas, ils finissent au congélateur ou en bocaux de conserves. Jardiner demande beaucoup de temps au quotidien, mais c'est un réel plaisir gustatif qui en vaut le coup. L'avantage, je sais exactement ce que je mange. J'espère que cette année les légumes seront plus abondants que l'année dernière.

Un bayement s'échappe de ma bouche, il est temps de retourner au lit.

L'orage a cessé, le calme est revenu.

5

LASSITUDE

Le jour s'est levé depuis un petit moment, j'ai du mal à immerger de mon sommeil. Il n'a vraiment pas été réparateur, je me sens fatiguée.

Mes douleurs se sont accentuées, ma colonne, mon cou, ma tête, mon nez, j'ai l'impression que mon corps entier hurle de souffrance.

La journée s'annonce difficile, heureusement que personne ne me voit ainsi. Je n'aime absolument pas me plaindre. J'ai toujours eu des maux de têtes, mais plus je vieillis, plus ils sont intenses.

Enfant, notre médecin traitant n'a pas trouvé l'origine de ces douleurs, malgré un encéphalogramme et divers examens médicaux. La seule explication médicale donnée : séquelles possibles dues à une convulsion à l'âge de deux ans.

Avec le temps, les maux de têtes sont devenus quotidiens, un petit bruit constamment présent. Avez-vous déjà eu un malaise, une perte de connaissance ? Cette sensation et ce bruit dans la tête annonçant que vous allez tomber dans les pommes, et bien, c'est le même bruit beaucoup moins intense mais bien présent dès le réveil.

Il ne disparaît plus du tout !

J'ai appris à vivre avec. Le corps humain est plein de ressources même si nous sommes tous différent face à la douleur.

Je ne saurai dire l'heure qu'il est, mais je pense que la matinée est bien avancée.

Après le petit rituel du matin, me voici devant mon plateau déjeuner plongée dans mes pensées. Je regarde mon téléphone, Gaby m'a envoyé un SMS : *Bonjour Maman, ça va ? Nous ça va, on prépare l'enterrement de papa pour demain matin à 10h15. Nolan ne viendra pas, de toute façon il ne le connaissait pas plus que ça. Je t'aime fort. Gros bisous.*

Je les aime tellement, mes enfants et mon petit-fils sont les personnes qui comptent le plus à mes yeux. Pour eux, je déplacerais des montagnes.

Bonjour ma chérie, je vais bien également. Passe une bonne journée malgré tout. Je t'aime fort ainsi que mon Nono. Gros bisous, répondis-je.

Je ne parle jamais de mes douleurs, c'est inutile, cela n'arrangera en aucun cas mon ressenti.

Le temps est incertain ce matin, comme mon esprit d'ailleurs... Il divague, il m'emmène loin dans le passé, et plus particulièrement, lors de ma dernière année de collège. Peut-être est-ce dû à ma rencontre de hier au magasin ?

À cette époque, ma meilleur amie Sasy était la personne que j'apprécié le plus, douce et gentille. Elle vivait un peu plus bas dans le village, juste à côté d'Olive, un copain depuis ma plus tendre enfance. J'aimais aller chez elle, ses parents étaient totalement différents des miens. Je croyais naïvement que notre amitié durerait. Ce souvenir me semble si lointain et si proche à la fois...

« Le trente-et-un décembre mille neuf cent quatre-vingt-huit, le grand frère de Sasy nous invite au réveillon du jour de l'an qu'il organise avec sa bande de copains, c'est ma première sortie, ma première fête entre jeunes, j'ai quinze ans. Ma mère n'est pas informée, elle pense que je suis chez Sasy, il est prévu que je dorme chez elle.

Je suis tellement contente d'y participer, j'ai l'impression d'être considérée assez mature pour sortir avec des personnes plus âgées.

Les festivités ont lieu dans l'arrière salle de la petite église du village. Ce sont les parents de Greg (nous étions dans la même classe en quatrième) qui s'occupent des lieux (surveillance, ménage), ils vivent au-dessus. Lorsque j'arrive avec Sasy, tout est déjà installé, la décoration est colorée, la table dressée dans un coin de la pièce avec tout ce qu'il faut (boissons, chips...), les premiers invités sont là, il y a même une sono. Au début, je reste dans mon coin, je ne connais pas grand monde hormis Greg, Phil, le frère de Sasy et sa copine.

La musique est lancée. Je me détends, je me laisse envahir par l'ambiance festive. Je me sens super bien, la première fois de ma vie où je ressens une telle émotion, je m'amuse. Oui, je m'amuse...

Les serpentins en papiers de toutes les couleurs volent, nous nous courrons après tels des enfants. Phil, un jeune du village âgé de deux ans de plus que moi, de taille moyenne, me plaque au mur lors d'une poursuite, il essaie de m'embrasser. En un instant, ma joie disparaît pour laisser place à la gêne.

— Non pas ça ! Pas lui ! pensé-je.

Je réagis sans réfléchir en lui mettant le peu de serpentins qu'il me reste dans sa bouche. Je me sens vraiment idiote d'agir ainsi, franchement.

— Ça va ? Je ne t'ai pas fait mal ? m'excusé-je.

Je regarde en direction de Sasy, elle a assisté à la scène. Il enlève les morceaux de sa bouche et s'approche à nouveau contre moi.

— Ce n'est pas grave, tu me plais beaucoup, j'ai vraiment envie de t'embrasser, me dit-il au creux de l'oreille.

Je suis désabusée, j'aimerai répondre à son attente, il me plait également mais voilà, Sasy est amoureuse de lui depuis longtemps. Par respect pour elle, je n'ai pas le droit de le fréquenter intimement.

— Je ne peux pas, Sasy t'aime beaucoup et c'est ma meilleure amie, je suis désolée, lui dis-je.

Je m'éloigne et j'essaie de m'amuser à nouveau, c'est reparti avec le lancer de serpentins mais la joie du début s'est atténuée. Je ne peux pas mettre en péril mon amitié pour un garçon, il en est hors de question même si quelque part, au plus profond de mon cœur, j'ai envie de le fréquenter.

Soudain, une douleur intense m'assaillit dans la main, l'ongle de l'un de mes doigts s'est arraché, le sang coule.

Je suis proche de l'évanouissement tant la douleur est forte.

Sous le choc de cette sensation horrible, je ne fais pas attention à la personne qui m'accompagne. Je monte un escalier sombre, je tiens à peine debout.

J'entre dans une pièce qui semble être la cuisine, la mère de Greg est là, elle réagit immédiatement. Elle m'installe sur une chaise, me prend ma main, la pose sur la table, elle m'explique qu'elle va me conjurer. Je suis impressionnée par son calme.

- Respire lentement, tu vas te sentir mal mais c'est normal, me dit-elle.

Elle part, surement chercher du matériel. Je me sens vraiment mal, l'élancement dans le doigt est violent.

Elle revient et désinfecte la plaie, je ressens une atroce douleur à la limite du supportable, puis commence une sorte de rituel entre prière et signe de croix sur ma blessure. J'ai le sentiment que je vais à nouveau m'évanouir.

Je me sens partir, une personne me soutient.

Je reviens lentement à moi, assise sur cette chaise, tout me semble si étrange, la douleur, la situation... Une douce chaleur envahit mon doigt lentement, comme si un être magique entrait pour soulager ma blessure, c'est beau, je suis fascinée finalement. Voilà c'est terminé, je n'ai presque plus mal, un pansement est posé sur la plaie pour éviter toute nouvelle blessure.

— Merci beaucoup Madame.

Je redescends à la fête. Cette fois-ci, je reste à côté de la table, je n'ai plus le cœur à m'amuser.

La soirée s'achève sur une touche bien amère. Nous rentrons dormir.

Les parents de Sasy ont ouvert le canapé du salon pour l'occasion, nous nous installons en faisant le moins de bruit possible.

C'est l'heure du bilan de la soirée. Allongées toutes les deux dans le noir, côte à côte, je la rassure par rapport à Phil.

— Ne t'inquiète pas, je sais ce que tu ressens pour lui, jamais je ne te trahirai en sortant avec.

Mais au fond de mon esprit, la scène tourne en boucle, ais-je pris la bonne décision ? Mon amitié vaut-elle ce refus ? Nous n'avons plus jamais abordé le sujet.

Les mois passent, nous continuons à rester les meilleures amies, nous sommes toujours ensemble, les mercredis après-midi et les week-ends. L'été pointe son bout de nez.

Cette année-là, je pars quinze jours chez une grande tante du côté du mari de ma mère, dans un petit village situé au pied du Coiron. Une sorte de retour aux sources.

Je ne me sens pas dans mon élément chez moi, j'ai besoin de me retrouver, d'être dans un environnement stable et serein.

Ces personnes-là sont formidables, ils ne jugent pas, je me sens apaisée en leur compagnie. Pendant ce séjour, le vendredi matin, j'appelle Sasy pour prendre de ses nouvelles de la cabine téléphonique située sur la petite place du village. Elle me manque un peu quand même. Elle ne voulait pas que je parte dès le début des vacances, je l'ai senti triste la veille de mon départ.

— Quant reviens-tu ? me demande-t-elle.

— Le week-end prochain.

— Parce que moi, je me sens seule, je n'ai personne à qui me confier, me reproche-t-elle.

— Dès que je suis rentrée, on se verra, le temps passe vite, tu verras.

— T'es en vacances normal que pour toi le temps passe vite, je vais me faire d'autres amis si tu restes trop longtemps absente.

— Si ça peut te faire du bien, je ne t'en voudrai pas.

— Ok mais je languis que tu rentres, j'ai pleins de trucs à te raconter en plus.

Je lui parle un peu de mes vacances, puis je raccroche, je n'ai plus de pièces à insérer dans l'appareil de la cabine téléphonique. Cet échange est bizarre, j'ai l'impression qu'elle me cache quelque chose. Bon, je verrais bien à mon retour mais je vous avoue que je n'ai guère envie de rentrer chez moi.

Le fameux dimanche du retour à la maison est là, je ne languis pas de devoir quitter cette famille si douce et accueillante. Mais en cette fin de journée, je n'ai pas le choix, je monte en voiture et nous prenons la route. Je suis mélancolique même si je vais retrouver ma meilleure amie, je ressens comme un manque ici. Une sorte de malaise, de ne pas être à ma place, c'est une sensation étrange, et ce, depuis toute petite.

Le lendemain, Sasy vient me voir, nos retrouvailles sont authentiques et sincères, nous nous serrons dans les bras.

— J'ai une grande nouvelle à te dire, lance-t-elle avec enthousiasme une fois dans ma chambre.

— C'est quoi ?

— Pendant ton absence, je me suis rapprochée de Phil et nous sortons ensemble depuis quelques jours.

— Ah c'est super ! Je suis heureuse pour toi.

— Du coup, mes parents me laissent aller au bal de samedi prochain avec lui, tu voudras venir avec nous ?

— Ça m'étonnerait que mes parents me laissent sortir, je demanderai mais bon, je connais déjà la réponse. Tu as de la chance quand même d'être libre à ton âge.

— C'est grâce à mon grand frère, il nous chaperonne, dis ça à tes parents.

Nous continuons à papoter, il s'en est passé des choses en seulement quinze jours, je suis perplexe.

Ce lundi est rempli de nouvelles incroyables, Sasy a changé, elle paraît épanouie.

La journée s'achève, j'ai du mal à réaliser les changements qui se sont produits pendant mon absence. Comment est-ce possible ?

Au diner, je demande l'autorisation d'aller au bal de samedi. Comme je m'en doutai, je n'ai pas le droit de m'y rendre. Je pourrai mentir comme pour le jour de l'an, prétendre que je dors chez elle, mais j'ai trop la crainte du mari de ma mère, un rustre qui ne me fait aucun cadeau.

Beaucoup de jeunes le craignent, personnes n'osent vraiment venir chez moi.

Lorsque Phil a besoin d'un conseil, il m'attend sous le mur qui clôture le terrain le long du chemin, et nous restons là à parler de tout et de Sasy, même si je ressens qu'il a envie d'être avec moi. J'essaie de le motiver dans sa relation car je sais qu'elle l'aime sincèrement.

L'été se passe... Entre les virées à la rivière, seule sortie autorisée, je me sens vite à l'écart du nouveau groupe d'amis de Sasy, mais je comprends. Ils vont régulièrement aux bals et j'invente toujours mille et une excuses bidons pour ne pas les accompagner. Forcément, ils ne me comprennent pas, ou du moins, je ne leur explique pas vraiment les choses par honte ou crainte peut-être.

Sasy est au courant de ma situation, ce n'est pas pour autant qu'elle me soutient. J'ai même la sensation étrange que cela l'arrange.

Elle me raconte leur soirée, j'avoue, je suis un peu envieuse. Je vais avoir seize ans le trente-et-un août prochain et je n'ai pas le droit de sortir. Sasy a presque un an de moins, ses parents ont confiance en elle, ils lui laissent la liberté d'aller dans les bals du moment où son frère est présent.

Cette argumentation ne convainc pas le mari de ma mère. Je me sens comme un oiseau en cage.

Et voilà, le temps s'écoule trop vite. La rentrée au lycée s'annonce, une première pour moi. Je vais devoir prendre le bus chaque jour, ce qui signifie d'être en bas du chemin à sept heures et retour vers dix-neuf heures.

J'intègre une classe option comptabilité et administration commerciale. Les cours me plaisent bien, l'ambiance est sympathique.

Un soir de septembre, à la descente du bus, une voiture est garée sur le bas-côté de la route. C'est Phil. Je m'approche l'air étonnée, nous nous faisons la bise, il me demande de monter dans le véhicule, je ne saurai vous dire de quel modèle il s'agît.

— Mais que fais-tu là ? lui demandé-je.

— Je voulais partager cette nouvelle avec toi, c'est ma voiture, j'ai eu mon permis.

— Mais Sasy est au courant ? c'est elle ta copine, si elle l'apprend, elle ne va pas être contente !

— Ce n'est pas grave, tu es la première personne à qui je voulais le dire. Regarde, pour la musique, j'ai pris mon radio cassette en attendant de pouvoir acheter un poste auto.

Je me sens tellement gênée, je pense à Sasy, à sa réaction. Mais il est tellement content de m'annoncer la nouvelle, là, assis dans sa voiture.

— Je suis super heureuse pour toi, mais tu ne peux pas venir me voir en premier, elle pourrait se sentir blessée. Perso, si mon petit copain allait voir ma meilleure amie en premier, je le prendrais mal. Va la voir, elle sera contente, lui conseillé-je.

Comment puis-je mettre mes propres sentiments de côtés à ce point ?

Je ne laisse rien paraître. Je ne prétends pas être amoureuse mais je l'aime bien. Nous restons là à écouter de la musique quelques minutes, puis je décide de partir. Je monte le chemin avec une multitude d'émotions, il est tellement gentil.

À peine rentrée, j'ai juste le temps de poser mon sac à bandoulière, de me laver les mains que je dois dîner. L'heure du repas est précise, pas une minute de plus.

Le souper avalait, je débarrasse la table, puis je me dirige vers ma chambre pour faire les devoirs du lendemain. Je me couche en me posant toujours la même question concernant Phil.

Ai-je fait le bon choix ?

Au petit matin, le réveil est difficile, j'ai un drôle de sentiment. Je me lève en retard en plus. Vite, je m'active, je m'habille et me coiffe en speedant et je descends en courant vers la route. Le bus est là, il est presque vide.

Ouf, je ne l'ai pas raté.

Nous arrivons à l'arrêt de Sasy, elle monte les quelques marches puis passe à côté de moi sans me regarder, elle va s'assoir plus loin. Que se passe-t-il ?

Nous nous sommes quittées en de bons termes la veille. Je me lève et je la rejoins.

— Qu'est-ce qu'il se passe ? Tu me fais la tête ?

— Fais pas comme si rien ne c'était passé hier ! me dit-elle.

— C'est par rapport à Phil ? Ce n'est pas moi qui lui ai dit de venir m'attendre à l'arrêt de bus ! Je lui ai même dit que ce n'était pas bien vis-à-vis de toi. Que voulais-tu que je fasse ?

— De toute façon, tu as changé, me dit-elle.

— Ah bon, comment ça ?

Elle ne me répond plus. Elle tourne son regard vers l'extérieur. Voilà, face à son silence, je comprends clairement que notre amitié est partie en lambeau. Elle ne me considérera plus comme une amie, pour un acte dont je ne suis pas responsable. De toute façon, c'est elle qui a changé depuis qu'elle le fréquente, elle se confie de moins en moins, elle n'est plus vraiment disponible et voilà le résultat. Je conçois qu'elle soit jalouse mais je suis extrêmement déçue.

À partir de ce jour-là, hormis me dire bonjour par politesse, elle ne m'a plus adressé la parole.

Je n'ai plus jamais croisé la route de Phil. »

Lorsque je me remémore cette petite partie de ma vie, je me dis que si c'était à refaire, je n'hésiterai pas une seconde, je sortirai avec lui, ma vie aurait eu un autre sens.

J'aurai menti à ma mère pour aller m'amuser comme tous les jeunes de mon âge, j'aurai profité de l'instant présent sans me poser de question. J'aurai, tout simplement, pensé un peu à moi. L'amitié ne signifie pas grand-chose en fin de compte.

J'ai croisé Sasy courant deux mille quinze, après toutes ces années, cela m'a fait plaisir de la voir, j'ai ressenti dans son regard que c'était réciproque.

— Viens à la maison un jour, tu verras tous les animaux que nous avons, je te ferrai visiter nos terres, me dit-elle.

Je me suis souvent arrêtée en bas de son chemin, j'ai hésité puis j'ai renoncé, encore et encore. Inconsciemment, je pense que je ne voulais pas revoir Phil.

Un miaulement strident me sort de mes souvenirs d'adolescences, que se passe-t-il ? C'est Princess, Mymy a osé la toucher avec sa patte, très certainement pour jouer. Mamie Princess est la patronne, elle ne tolère pas que Mymy la touche, la hiérarchie chez les chats ne se discute pas. Néanmoins, Mymy essaie de temps en temps, des fois que...

Vu mon état d'aujourd'hui, je ne vais pas jardiner. De toute façon, le temps est vraiment incertain. Le ciel est chargé de nuage puis l'orage de cette nuit a laissé des traces, la terre est trempée. Je vais me reposer, prendre soin de moi, câliner mes chats, et peut-être continuer mon roman. Oui, je vais faire ça.

6

TRAHISON

Mais que m'arrive-t-il aujourd'hui ? Il m'est impossible de me poser sans penser, mon cerveau ne s'arrête pas, il est en fusion ! J'ai beau essayer, mais voilà, je continue de voyager dans le temps.
Peut-être que c'est un besoin vital, peut-être que je ne dois pas oublier justement, qui sait ?
J'ai des moments ainsi où le passé s'incruste sans raisons apparentes, des moments de remises en question, de réflexions qui peuvent durer plusieurs jours d'affilés. Peut-être que mon cerveau agît de la sorte jusqu'à ce que mon passé ne me fasse plus souffrir.
Oui peut-être...
Cette fois-ci, je pars un peu plus loin dans le passé, pendant mon enfance, en mille neuf cent quatre-vingt-un, l'année de mes huit ans, celle de la révélation.

« Ma mère, la plus belle femme au monde à mes yeux, m'appelle.
— Viens ma chérie, j'ai quelque chose de très important à te dire, dit-elle l'air embarrassée.
Je rentre dans le salon du haut de mes huit ans, une petite pièce équipée d'un téléviseur des

années fin soixante-dix posé sur un vieux meuble tv noir et rouge au portes vitrées où sont rangés les boissons apéritives et quelques verres, un canapé en cuir noir positionné à gauche de la porte, deux fauteuils à droite et une table basse au centre. La décoration est sommaire.

Nous vivons dans un établissement scolaire, un logement de fonction, à Montpezat Sous Bauzon, plus précisément, le collège. C'est d'ailleurs étonnant de trouver un collège dans ce petit village ardéchois situé au pied des Monts d'Ardèche.

Plusieurs bâtiments en pleine prairie, les services administratifs, les salles de leçons et sa cour de récréation, la cantine, l'internat, une salle de sport et un stade.

Maman s'installe dans le premier fauteuil en me montrant le canapé, je comprends alors que c'est la place à prendre. Le canapé est froid, je m'assoie, je pose mon petit bras maigrelet sur l'accoudoir tout aussi froid que l'assise, je ne sais pas trop comment m'installer en fait.

Elle me regarde, je n'oublierai jamais ce regard entre gêne et culpabilité.

— C'est très difficile pour moi de t'annoncer cette nouvelle mais, après en avoir parlé avec le docteur, je dois le faire.

Elle cherche ses mots, je suis là, je l'observe, je ne comprends pas ce qu'il se passe. Pourquoi ma maman est autant mal à l'aise ? Ai-je une grave maladie ? Peut-être que je vais mourir ? Les minutes passent, j'attends qu'elle se décide enfin à parler. Pourquoi suis-je là bon sang ?

— Alors, ma chérie...

Une nouvelle pause, elle est hésitante, je m'inquiète. Le temps paraît durer une éternité !

— Ton Papa n'est pas ton vrai papa. Avant lui, j'ai rencontré un homme, il a profité de moi, je suis tombée enceinte et je t'ai eu. Mais tu es ma petite chérie, je t'aime très fort.

Je suis sidérée !

Voilà plus de huit ans que j'appelle un homme papa en étant persuadée qu'il l'est vraiment.

C'est comme une étincelle lumineuse, je comprends d'un coup les raisons de son comportement envers moi, si stricte, si méchant dans les mots, dans les gestes.

Je comprends mieux pourquoi il aime mes sœurs Line, âgée de six ans, Vava, âgée de quatre ans, Nanou, âgée d'un an, et pas moi.

J'essaie depuis des années qu'il soit fier de moi, qu'il m'aime un petit peu, en vain. Je suis une petite fille modèle à l'école, la première de la classe, cela ne lui convient jamais. J'ai des facilités d'apprentissage incroyable, il suffit que je lise une chose et c'est acquis mais il s'en moque.

Je comprends mieux alors d'où vient ma longue chevelure blonde ondulée, certes, j'ai le visage allongé de ma mère, mais mon grand regard est totalement différent, et mon petit nez qui pointe également. Personne du côté maternel n'a mon regard, ni même mon nez, je ne ressemble à aucunes de mes sœurs, hormis un petit trait avec Nanou, la forme du visage.

Elles ont toutes les trois des traits en communs qui les relient directement à leur père, ils divergent mais la ressemblance est là. Elle ne fait aucun doute en comparaison sur la photo de famille, j'ai toujours eu la sensation d'être une pièce rapportée.

Je comprends tout à ce moment-là.

— Et je dois continuer à l'appeler Papa ?

C'est la seule question qui me vient à l'esprit.

— Oui bien sûr, tu peux continuer à l'appeler Papa, ça me ferait plaisir et à ton papa aussi.

Elle est sérieuse lorsqu'elle me dit ça ? Mon Papa ? Alors qu'elle vient de m'annoncer le contraire !

Elle se met à me parler de mon géniteur avec colère et dégout, celui qui a semé la petite graine Stacy. Elle me donne sa version des faits, je préfère m'imaginer qu'il est beau, gentil et intelligent, qu'il viendra me chercher, qu'il m'aimera comme le mari de ma mère aime ses filles.

Le mari de Maman n'est pas mon père, il ne m'aime pas, pourquoi devrais-je faire comme si de rien n'était ?

Mais je comprends surtout que les adultes sont des menteurs, je ne peux plus avoir confiance en eux. Je me sens trahie par la personne que j'aime le plus à ce moment-là.

Elle, elle se sent beaucoup mieux, elle est comme apaisée. Son visage a changé d'expression, elle me regarde avec tendresse. Sa parole se libère, elle ne s'arrête plus. Sans rentrer dans les détails, j'apprends ainsi que tout le village est au courant, les gens jasent. Apparemment, je suis trop petite pour comprendre.

Que cet homme est respectable, il élève une enfant qui n'est pas de lui, voilà ce que j'imagine à cet instant précis.

—Tu devais être au courant avant que tu l'apprennes par quelqu'un d'autre, tu comprends ma chérie ? me lance-t-elle.

Ces adultes se foutent de moi en vrai !

À l'intérieur de mon corps, un volcan explose, il brûle tous mes organes, les uns après les autres. Je n'ai aucune idée de la manière dont je dois me comporter.

— Je vais continuer à l'appeler Papa, dis-je résignée.

Ma petite sœur Nanou n'a qu'un an. Aucunes de mes sœurs ne pourraient comprendre pourquoi du jour au lendemain je changerai de comportement via à vis de leur père. C'est déjà compliqué pour l'enfant de huit ans que je suis, alors je n'imagine même pas pour elles. J'aime tellement mes petites sœurs.

Dois-je continuer à dire petites sœurs ou demi-sœurs ? Je n'ose pas poser la question, le sentiment que j'éprouve pour elles est celui de sœur. Elles resteront pour l'éternité mes trois petites sœurs.

En plus, j'ai le présentiment étrange que maman ne souhaite pas changer les habitudes. Je continuerai donc de l'appeler Papa même si pour moi, ce sera difficile et lourd à porter.

Le plus incompréhensible, c'est de savoir que toute ma famille est au courant, mes tantes, mes oncles, ma grand-mère, bref, tout le monde, même de son côté à lui. Et à aucun moment, ce petit monde s'est positionné pour mon intérêt psychologique. Non, bien sûr que Non, le mensonge est tellement plus facile.

Les adultes décident de prévenir également mes petites sœurs. En un claquement de doigt, je suis devenue la bâtarde.

Tout mon univers s'effondre !

Je me sens si triste en fait, mes émotions sont un mélange explosif, j'ai envie de crier ma colère, de pleurer, mais je ne fais rien. Je sors de la pièce totalement sonnée et perdue, mes jambes tremblent, tout mon petit corps tremble.

Les mots de maman résonnent dans ma tête, un véritable tourbillon infernal.

C'est un mal pour un bien en fin de compte. Cette vérité devait être révélée. Mieux vaut tard que jamais ! C'est ce que dit le dicton, n'est-ce pas ? »

Ce souvenir reste ancré dans ma mémoire, je ne l'oublierai jamais.

Depuis, j'ai retrouvé l'homme qui selon ma mère est mon géniteur. C'est un homme respectueux, intelligent qui a réussi professionnellement. Mon plus précieux souhait serait qu'il se soumette au test de paternité mais je n'ai jamais obtenu une réponse positive et notre tendre France ne facilite en rien de telles initiatives. Peut-être que la vérité l'effraye, tout simplement.

J'accorde une grande importante à la lignée familiale, une partie de moi est manquante, ce qui se reporte sur mes enfants et mon petit fils. Ils connaissent l'histoire, et ce, depuis toujours. Ce n'est pas dramatique en soi, il y a tellement pire. Beaucoup de personnes sont dans la même situation que la mienne, c'est ainsi. La plupart des adultes n'osent pas affronter leur passé synonyme d'erreurs difficilement avouables. Nous portons tous notre fardeau, celui-ci est léger comparé à la suite de ma vie. Certes, sur le moment, il a été très difficile pour moi d'accepter ce mensonge puis cette vérité qui fût l'effet d'une bombe, mais à l'heure actuelle, je n'en veux absolument pas à ma mère. Personne n'est parfait.

Je me rends dans le salon, j'allume la télévision, peut-être que regarder un reportage animalier me changera les idées.

Le temps passe, je sommeille légèrement devant l'écran. Tous mes bébés sont là, à mes côtés, ils dorment. Chouchou sur le dossier du canapé, Princess à ma droite et Mymy sur mes jambes. Mon ventre gargouille, je vais me préparer un petit souper, je me lève en direction de la cuisine.

Que me dit mon estomac ?

Je mangerai bien une soupe de légumes du Sud (courgettes, aubergines, poivrons, tomates...) avec une banane et pour finir une tasse de thé vert accompagné d'un petit biscuit bio saveur cranberry et amande.

Je vais souper léger en espérant que je dorme mieux ce soir.

Après avoir cuisiné mon diner, je m'installe sur la table de la cuisine, idéal par mauvais temps, ainsi, mon regard se perd dans la profondeur de l'extérieur même si la nuit tombe, c'est apaisant. Le silence règne, les chats dorment désormais chacun de leur côté, je suis seule face à moi-même. Demain sera un autre jour.

Ah oui, c'est vrai, demain c'est l'enterrement de mon ex-époux. J'envoie un sms de soutien à mes trois enfants. Il est temps pour moi de monter à l'étage, le sommeil m'appelle. Princess s'est réveillée subitement, elle a entendu les marches de l'escalier grincer. Les deux autres ne devraient pas tarder. Je suis si lasse, je m'endors en un instant.

7

LUI

Quelle nuit magnifique ! Aucuns rêves ne sont venus contrarier mon sommeil, j'ai dormi comme un loir. Je m'étire, mes bébés sont là, toujours présents à mes côtés, c'est l'heure des câlins du matin. Un rayon de soleil s'infiltre à travers le bois du volet, j'aurai pu installer des volets roulants mais je préfère l'authenticité.

Aujourd'hui, une page se ferme définitivement, c'est l'enterrement de mon ex-mari. J'espère ainsi enfouir mes souvenirs de Lui même si le passé refait surface de temps en temps, j'en n'ai bien conscience, c'est inévitable.

Certains prétendent que le pardon est un cheminement essentiel pour pouvoir avancer dans sa vie. Je pense qu'il y a des actes non pardonnables. Du moins, je n'y arrive plus. J'ai pardonné une fois, deux fois, trois fois... mais, à un moment donné, le pardon devient impossible, voir inacceptable. Les biens penseurs ont leur propre idéologie, mais ont-ils vraiment subit l'impensable ?

Je sais que nous sommes tous différents, et heureusement d'ailleurs, c'est l'une des raisons pour laquelle je ne porte aucun jugement face aux réactions des autres, bien que la plupart du temps, je ne les comprends pas forcément et vice versa.

Alors, si dès le matin, je commence à penser ainsi, ma journée s'annonce tourmentée, un véritable mémorial marital. Ce chapitre de ma vie risque d'être long.

Je me lève comme tous les matins, mêmes actes du quotidien, j'aime cette routine si rassurante. Je suis seule chez moi, entre mes murs, mon petit univers très personnel, recluse des autres.

Tant que ma famille va bien, je n'ai besoin de rien de plus. Et pourtant, ce ne fût pas toujours ainsi.

« Mille neuf cent quatre-vingt-dix, c'est décidé, j'arrête le lycée.

En effet, je voulais changer de voie, arrêter la comptabilité, je voulais être dans une section artistique, plus spécifiquement le dessin, ou alors, la décoration. Depuis quelques temps, je dessine, des portraits, des paysages, tout au crayon à papier, j'arrive à jouer avec les nuances de gris, c'est un réel plaisir. Parfois je peins à l'aquarelle des paysages sur des plaques de bois. Les seuls moments de sérénité, cela m'apaise.

Le lycée téléphone en plein mois d'Août, quinze jours avant la rentrée, ils m'ont inscrit dans la même classe, en comptabilité, malgré mon souhait. J'apprends alors que mes dossiers d'inscriptions réalisés en juin pour diverses écoles d'art n'ont jamais été envoyé. Pourtant, ils étaient complets. À qui la faute, je ne le saurais pas.

Alors, juste avant la rentrée, il a fallu me caser, oui c'est bien le terme adéquate.

La mère d'Olive me soutient depuis le collège. C'est une femme à fort caractère, professeure de technologie à Montpezat Sous Bauzon, elle s'est vite rendu compte de la différence de traitement entre mes sœurs et moi. J'aime rester chez elle. Son mari est professeur de français et de musique. Il m'a offert un magnifique pipo pour ma rentrée en sixième, j'en ai eu les larmes aux yeux. J'adore la musique autant que la lecture, le dessin... L'art en général.

Lorsque je l'appelle pour l'informer de ma situation scolaire, elle est outrée d'une telle déconvenue, il s'agit de mon avenir. C'est elle qui m'avait orienté vers les divers établissements correspondant à mon profil. Nous avions cherché ensemble ce qui me conviendrait le mieux. Elle m'avait également prérempli les dossiers d'inscriptions. Et là, quinze jours avant la rentrée, je dois retourner dans mon ancien lycée. Je ne veux pas, je veux m'éloigner de chez ma mère.

Voilà les vraies raisons !

Pourtant, j'adore aussi les chiffres, les mathématiques. Cette option comptabilité aurait pu me convenir mais là, je suis épuisée. Cela faisait quelques temps que le mari de Maman me réveillait le soir de semaine lorsque la maison était endormie pour me parler jusqu'à point d'heure alors que j'avais cours le lendemain, il était saoul ! Le matin, le réveil a six heures devenait de plus en plus difficile, je n'arrivais plus à me concentrer en cours, c'était horrible.

Il faut que je parte !

J'essaie de faire comprendre à la mère d'Olive que je me sens mal chez mes soi-disant parents sans vraiment entrer dans les détails. Elle met tout en œuvre pour obtenir une place quelque part, de préférence loin de chez moi. Au final, c'est le mari de Maman qui a tranché. Je me suis retrouvée dans un lycée professionnel pour garçon en plâtrerie peinture situé à Roman Sur Isère.

— Ce n'est que pour un an en attendant de refaire les démarches pour la rentrée prochaine, et puis, il y a la peinture dans cette section, me dit-on avec humour.

Décidemment, les parents sont stupides, ils ne font rien correctement. Une fois de plus, ils ne tiennent pas compte de ce que je souhaite. Après réflexion, je me dis qu'un an, cela passe vite, ce n'est pas bien grave. L'avantage, je suis loin de chez ma mère. Mais être la seule fille dans une classe de garçon, ce n'est pas si facile en fin de compte. Comment ai-je pu finir ici, dans cette classe à monter des cloisons ?

Forcément, au bout du premier trimestre, je laisse tomber, je m'enfuis de l'internat.

Je prends le train à la gare de Romans jusqu'à la gare de Montélimar. C'est décidé, je ne rentre pas chez ma mère, je vais directement chez mon oncle et ma tante en espérant qu'ils m'hébergent.

Arrivée à Montélimar, la route est longue à pied, environs sept kilomètres, soit une heure et demi de marche. J'avance avec mon sac de voyage sur l'épaule, il pèse lourd, j'ai essayé d'emporter le maximum, je ne retournerai pas dans ce lycée, ni dans cette pension.

Arrivée en ville, j'emprunte le chemin de long du Rhône, puis je prends plusieurs rues étroites. Je vois enfin le portillon de mon oncle, je sonne à l'interphone.

— C'est Stacy.

Il s'ouvre, ils m'attendent tous les deux sur le pas de la porte.

— Mais que fais-tu ici ? demande ma tante.

— Je n'en peux plus de ce lycée, est-ce que je peux rester avec vous ?

Leur maison de ville est sur deux étages, au premier, il y a un appartement vide, anciennement celui de ma grand-mère puis devenu ensuite l'ancienne chambre de mon cousin.

Nous montons au deuxième étage. J'emprunte le long couloir où sont alignées à ma droite deux chambres à coucher, au bout, la pièce principale m'accueille. À peine arrivé, mon oncle appelle ma mère. La réponse est sans surprise, ils viennent me chercher le lendemain. J'ai beau expliquer à mon oncle et ma tante que rien ne va là-bas, ils sont sourds, ils n'entendent pas.

Pour les adultes, je suis juste une adolescente en crise qui devrait être reconnaissante envers le mari de Maman, il m'a donné son nom lors de son mariage, c'est un acte de bravoure bon sang ! Satané crise d'adolescence !

J'ai l'impression d'être abandonné, et ce, depuis mon enfance. Aucun réel soutien pour quoi que ce soit, personne de la famille pour m'écouter et pourtant, je ne suis pas du genre à me plaindre, je suis discrète, voir renfermée.

Il est vrai que depuis quelques mois, je sombre lentement dans l'obscurité, un mal-être s'installe, je n'arrive plus à me projeter vers l'avenir, trop de déception je pense.

Et pourtant, enfant, j'aimais l'école, j'aimais apprendre, acquérir la connaissance était une nécessité. Je répétais à tous, j'irais à l'université, je ferais de grande étude, ça faisait bien rire le mari de maman et les autres également.

Au lieu de cela, je sombre peu à peu. Le père de mes sœurs est satisfait, c'est bien le seul d'ailleurs. Je ressens sa satisfaction à me voir dans la défaite, fil de fer ou tas d'os (les surnoms qu'il m'a donné) n'est pas aussi intelligente en fin de compte.

Je passe la soirée à regarder un film avec mon oncle et ma tante, je suis désespérée avachie dans leur canapé.

Le lendemain, le retour se fait en silence, ils savent que je ne retournerai pas dans ce lycée, c'est une perte de temps. Sinon, c'est simple, je fugue pour de bon ! Bon, je ne le dis pas clairement mais j'essaie de le faire comprendre à ma mère.

Je pense que ça arrange son mari, plus d'internat à payer car il a relativement bien accepté l'abandon de mes études (si on peut appeler ce truc des études, bref...). De toute façon, c'est bientôt les vacances de Noël, même si chez nous, Noël ne se fête pas.

Ah oui ! J'ai oublié de vous dire !

Maman est Témoin de Jéhovah, cela n'arrange en rien le quotidien à la maison, bien au contraire ! D'après son mari, je suis responsable de sa reconversion religieuse. Oui, si ma mère est retournée vers les témoins de Jéhovah, c'est de ma faute. Pourquoi pense-t-il ainsi ? Je n'en sais frustre rien ! Il me voue un tel désamour que je suis toujours responsable du moindre problème au sein de sa famille.

Cette nouvelle année, je la passe seule, je n'ai reçu aucune invitation. Les jours suivants s'écoulent, je n'ai plus de lien social avec qui que ce soit. Je suis vraiment seule. Il faut que je me réveille, que je me secoue un peu, je ne peux pas rester ainsi et donner raison au père de mes sœurettes. Il faut que je me fasse à l'idée d'être seule pour avancer, de ne compter sur personne d'autre que moi-même. C'est ainsi. Si je passe par cette phase d'acceptation, cela devrait me permettre de me projeter à nouveau vers l'avenir.

Alors, un samedi, en ce début de Février mille neuf cent quatre-vingt-onze, je me lève avec l'envie de descendre en ville, revoir un peu mes copines. Je téléphone à plusieurs d'entre elles, personne n'est disponible. Tant pis, je vais quand même demander l'autorisation d'aller à Aubenas à ma mère. Elle en parle avec son cher et tendre, à ma grande surprise, il accepte. Il me donne même un peu d'argent de poche pour le trajet et me payer une boisson. Pourquoi un tel changement ?

Bref, je prends le bus. J'arrive en ville, je me promène dans les rues remplies de monde, je flâne devant les vitrines. C'est agréable en fin de compte, j'apprécie cette petite balade improvisée.

J'entre dans mon café préféré situé en plein centre-ville sur l'axe principal. Je m'installe à l'entrée contre la vitre qui donne sur la rue et je commande un Orangina en lisant le journal posé sur la table. J'aime rester informée sur l'actualité, c'est important de savoir ce qu'il se passe en France et dans le monde.

— Salut Stacy, comment vas-tu ?

Je lève la tête, c'est une fille que je ne côtois pas dans mon quotidien, Jo, il me semble, elle est copine avec Line (ma sœur), je crois, mais je doute quand même.

— Salut !

— Je peux me joindre à toi ?

— Oui, si tu veux.

Nous échangeons sur tout et n'importe quoi. Elle me propose alors d'aller ensemble au bal d'un petit village proche de chez moi ce soir même.

- Il faut que je demande d'abord avant de te répondre, donne-moi ton numéro de téléphone et je t'appelle, lui dis-je.

- Ok, mon frère peut venir te chercher si tu veux, comme ça tes parents seront peut-être d'accord.

- On fait comme ça.

Nous continuons à parler un peu. Il est temps pour moi de partir, le bus n'attend pas.

Tout le long du trajet, je réfléchis à la manière dont je vais aborder le sujet. C'est compliqué, je vais prétexter que je suis bientôt majeure, dans six mois environ.

L'année dernière, à force de refus, je ne demandais plus l'autorisation pour sortir. À plusieurs reprises, j'ai fait le mur tard le soir grâce à ma meilleure complice Vava. Puis un jeune du village s'est tué dans un accident de voiture, il venait juste d'obtenir son permis. J'ai pris conscience du danger, j'aurai pu être dans cette voiture sans que ma mère soit au courant. J'ai pensé à elle, à sa tristesse de me perdre, je suis certaine qu'elle ne l'aurait pas supporté. Depuis, je ne sors plus sans demander l'autorisation parentale, et vu que légalement mes parents sont ma mère et son mari, je ne peux pas bouger sans les deux consentements.

À mon grand étonnement, il accepte !

Décidemment, c'est la journée des surprises !

J'appelle Jo, le mari de maman parle avec son frère pour convenir de l'heure de départ.

Waouh ! Je suis étonnée !

Je vais aller à un bal avec l'autorisation parentale, c'est à notifier dans le journal de vingt heures, en gros titres s'il vous plait. Je ne m'attendais absolument pas à cette réponse, je suis désappointée car persuadée d'avoir un Non catégorique.

Il va falloir choisir la tenue adéquate.

Ce sera un jean bleu ciel, un sous pull noir à col roulé avec un gilet de costume classique sans manche noir et mon bandana rouge autour du cou. Je me maquille légèrement, juste les yeux. Je prévois ma veste d'hiver et mon écharpe car il fait très froid. Voilà, on y est.

La salle est bondée de jeunes, je vais directement sur la piste de danse sans me soucier des autres.

J'aime la danse, la musique, une façon de s'évader du quotidien. Je danse encore et encore, je me laisse envahir par l'ambiance.

C'est l'heure du slow, le fameux moment où un garçon est sensé t'inviter à danser. Je m'assoie sur l'une des chaises longeant le mur, sans vraiment réalisée la présence d'un ancien copain de lycée deux chaises plus loin.

— Hey, comment vas-tu ? Ça fait un bail !

Je me retourne, non pas lui, il est tellement lourd ce type.

La dernière fois que l'on a passé une soirée (sans autorisation parentale) entre amis, il ne m'a pas lâché d'une semelle. J'avais beau lui expliquer que je n'étais absolument pas intéressée par lui, rien à faire, il m'avait littéralement pourri ma soirée.

— Salut, oui je suis venue avec une copine et son frère, répondé-je froidement.

Fin de la conversation, je ne le regarde plus.

D'ailleurs, ou sont-ils passés ?

J'entrevois Jo qui discute avec un autre groupe, son frère n'est plus dans la salle.

Alors que le premier slow est fini, un beau ténébreux s'approche de moi. Je croise son regard noisette, il a un visage d'ange, grand, svelte, vêtu d'un pantalon en cuir noir, d'une chemise blanche, d'un perfecto noir et des mocassins aux pieds, il ressemble à un dieu vivant avec ses cheveux noirs, ondulés et long jusqu'aux épaules.

— Non mais Pat, laisse tomber, elle n'acceptera pas de danser avec toi, Mademoiselle est très difficile, lance l'autre imbécile dont je ne me souviens même plus le prénom.

Il l'ignore.

— Accepteriez-vous cette danse Mademoiselle ?

Je me lève en narguant l'autre idiot, j'accepte l'invitation. Nous allons sur la piste de danse pour un nouveau slow sur un titre de Scorpions « Wind Of Change », j'adore cette chanson, je la connais par cœur. Je suis sous le charme de ce bel inconnu. Nous tournoyons sur la piste, je ne vois plus les autres autour de nous, je suis seule avec Lui. La danse s'achève, il m'invite à sortir dehors pour parler, apprendre l'un de l'autre. Je le suis à l'extérieur, je m'installe à côté de Lui sur un petit muret à quelques mètres de la salle des fêtes. Nous discutons longtemps sans voir le temps passer. Nous avons tant de points communs, la musique, la façon de voir les choses... Certes, sa vie est bien plus chaotique que la mienne en fin de compte, j'ai le privilège d'avoir une mère. Lui, il a été placé dès son plus jeune âge, il ne connaît pas l'amour maternelle. Notre point commun, nous avons perdu confiance envers les adultes. Pourtant, je suis presque une adulte, et Lui l'est déjà.

C'est un paradoxe, comment devenir adulte dans de telles conditions ?

J'ai l'impression de le connaître depuis toujours, c'est incroyable, comme si nous étions des âmes sœurs.

Nous nous livrons à cœur ouvert, je ne l'ai jamais fait auparavant. Je suis envahie d'un sentiment inconnu, Pat m'ensorcelle. Deux âmes perdues à la recherche d'une bouée de sauvetage dans ce monde de déception.

Cette nuit-là, nous nous promettons de ne plus jamais se quitter. »

8

INCOMPRÉHENSSION

Voilà bien une heure que je suis devant mon plateau du petit déjeuner. J'utilise toujours un plateau pour n'importe quel repas, cela m'évite ainsi de salir la table, c'est plus simple et plus rapide.
Je regarde à l'extérieur, le soleil est rayonnant ce matin, je vais sortir dans le jardin aujourd'hui même si je suis perdue dans mes souvenirs. Rien ne m'empêche de penser et planter les légumes en même temps. De toute façon, en ce jour spécial, mon cerveau ne me laissera pas tranquille...
Il continue son voyage dans le passé avec Lui.

« Mille neuf cent quatre-vingt-douze, je suis installée avec Pat depuis plus d'un an déjà, tout est allée très vite. Mon premier enfant est né en novembre dernier, une fille, ma fille, ma princesse, ma Sandy. Une grossesse inattendue mais quel plaisir de sentir ce petit être grandir en moi. J'ai adoré ma grossesse. Sandy est la prunelle de mes yeux, je l'aime plus que tout, un amour de bébé.
Moi qui n'étais rien, me voici Maman, je me sens tout à fait prête à aimer, à donner, à me concentrer sur l'avenir de ce petit être si fragile. Du haut de

mes dix-huit ans, j'assume mon rôle de parent, je consacre mes journées à ma fille, notre fille.

Notre appartement est situé sur la place d'un petit village typique Ardéchois, avec ses ruelles en pierres d'époque, sa petite épicerie, son petit café. Il y a même un cabinet médical, le médecin est d'une gentillesse incroyable, serviable et doux. Nous avons quatre pièces, un coin repas qui fait office d'entrée, un salon, une salle de bain et deux chambres à l'étage.

Pat a eu un accident de travail qui lui a causé des problèmes de dos, il est reconnu inapte en tant que carreleur. À seulement vingt-quatre ans, ce n'est pas évident pour lui. Il sait faire beaucoup de chose dans le secteur du bâtiment. Nous avons le projet d'acheter une ruine pour la rénover puis la revendre et ainsi de suite. Construire un empire immobilier, voilà notre rêve en commun. Laisser un héritage à nos enfants est très important.

Oui, nous aurons d'autres enfants, ce sera ma famille, notre famille, comme un nouveau départ, une renaissance. Certes elle ne sera pas parfaite, personne ne l'est, mais emplie d'amour et de respect, c'est ma vision du moment.

J'aime tellement mon compagnon, je n'ai jamais aimé autant. Pat a su me toucher en plein cœur, je suis amoureuse, et notre enfant est le fruit de cet amour inespéré.

Il s'est reconverti en boulangerie, il travaille en tant qu'assistant chez le boulanger du village voisin, un emploi saisonnier pour la période estivale. Les horaires sont décalés, mais cela ne le dérange pas, puis nous avons du pain frais tous les jours.

Ça fait quelques jours qu'après le repas du midi il part en vélo se promener. Je ne sais absolument pas où il va.

Je débarrasse la table, il sort, il récupère son vélo à la cave, et je le regarde s'éloigner. Je nettoie la pièce pendant la sieste de Sandy. Le père nourricier de Pat (sa famille d'accueil) vît à quelques mètres, au bout de l'axe principal.

Depuis que nous sommes installés ici, il s'arrête boire un café avant de partir marcher, son rituel quotidien lorsque le temps le permet. C'est un homme droit, froid, vêtu d'un costard cravate et d'un chapeau en feutrine, toujours avec sa canne à la main. Pas n'importe quelle canne, elle est sculptée dans un joli bois avec une poignée en forme d'aigle.

Sa femme est mère nourricière (famille d'accueil), elle a des problèmes d'alcool, je n'ai guère confiance en elle, surtout après ce que m'a dévoilé Pat. Du moins, je ne lui confierai jamais mon enfant.

Désormais, ils sont tous les deux à la retraite.

J'ai pratiquement fini de ranger la pièce lorsque j'entends toquer à la porte. C'est le père nourricier de Pat.

— Bonjour Stacy, comment allez-vous ? Et Pat n'est pas revenu du travail ? me demande-t-il.

— Bonjour Monsieur, je vais bien, merci, et vous-même ? Il est parti en vélo.

— C'est bien ce qu'il me semblait, je les entraperçus mais je n'en étais pas certain.

Il pose son chapeau sur la table, sa canne en appui contre la chaise, et s'installe. Nous buvons une tasse de café sans parler. Il se lève, remet son chapeau, puis il se dirige vers la porte.

— Je tenais à vous féliciter, votre intérieur est très propre. Je vous souhaite bon courage, j'espère que cela va bien se passer avec Pat. Je dois m'absenter quelques jours mais s'il y a le moindre problème, ma femme reste chez nous. N'hésitez pas, me dit-il d'un ton soucieux.

Je le remercie, il s'en va. Cet homme m'inspire le respect, il m'a toujours vouvoyé. Je ressens en lui un mal-être malgré les apparences, peut-être de la culpabilité.

Sandy se réveille de la sieste, je la change, je lui donne son goûter puis je l'installe dans sa poussette, elle est trop belle avec sa petite casquette bleu clair. Nous partons nous balader en pleine nature, en direction d'un petit château d'époque situé au bord d'une falaise. C'est apaisant. Je suis toujours impressionnée par ces constructions hors norme qui représente l'histoire de notre Pays. Heureusement qu'il y a des personnes investies pour rénover et préserver ce patrimoine.

La dernière phrase du père nourricier résonne, je ne comprends pas le message qu'il a voulu me transmettre. C'est ambigu, je n'ai pas osé lui poser de question. Pourquoi bon courage ? Pourquoi s'il y a le moindre problème ?

La journée se passe, Pat revient pour le souper, il s'est arrêté chez son père nourricier pour lui souhaiter une bonne route. Je ne parlerai pas avec lui des propos tenus aujourd'hui.

La soirée s'achève normalement. Pat se couche tôt vers dix-neuf heures, il doit se lever dans la nuit pour aller travailler.

Sandy a trouvé son rythme rapidement, elle dort la nuit complète jusqu'à environ sept heures du matin. À cette heure-là, Pat est déjà parti, il devrait être revenu en fin de matinée. Je m'active, entre le petit déjeuner, le bain de Sandy, le ménage, la préparation du repas, je n'ai pas le temps de m'ennuyer. Les personnes qui prétendent qu'être mère au foyer c'est la facilité sont, soit ignorantes, soit incompréhensives, ou soit n'ont pas d'enfant. Certes, ce n'est pas aussi contraignant qu'un emploi rémunéré, néanmoins, cela demande de l'organisation et du temps.

La journée se déroule comme la précédente, après le repas, Pat enfourche son vélo. Ce soir, il ne travaille pas, nous pourrons souper un peu plus tard, c'est agréable de passer des soirées tous les deux.

Vers dix-huit heures trente, je commence à me demander ce qu'il fait, il devrait être rentré, même s'il ne travaille pas cette nuit.

J'imagine le pire, un accident en vélo, les routes sont sinueuses ici.

Cela fait plusieurs heures qu'il est parti. D'ordinaire, il ne s'absente pas plus de trois heures. J'essaie de me raisonner, il va bien finir par arriver, mais une sensation étrange m'envahit, comme un mauvais présentiment.

Sandy dort à l'étage, elle fait toujours une petite sieste d'environ trente minutes avant son dernier repas du soir. Elle ne devrait pas tarder à se réveiller.

La porte s'ouvre d'un coup sec, je sursaute.

C'est Pat, son visage est transformé, son regard est sombre, il titube, je ne le reconnais pas. Mais que lui arrive-t-il ?

Je suis vers la cuisinière, et là, il se précipite vers moi et m'attrape par les cheveux.

- Viens ici salope ! Sale truite d'égout, sale truite de caniveau, je vais te tuer ! Hurle-t-il.

Je n'ai pas le temps de réagir, je ne comprends rien, je suis totalement désarmée face à cette déferlante violence inattendue. Je suis à sa merci, telle une marionnette !

Il me traine vers le salon, il me jette au sol violemment, je me cogne la tête sur le carrelage. Je le regarde, je ne le reconnais pas !

J'ai l'impression qu'il a bu mais également qu'il a peut-être consommé de la drogue. Son regard est empli de haine, de rage, de folie !

— Je suis Stacy, lui dis-je.

— Ferme ta gueule salope !

Son poing atterrit sur mon crâne.

Il prend ma tête par les cheveux et la cogne contre le sol carrelé à plusieurs reprises. Je ne peux plus bouger, tout se met à vaciller autour de moi. Les sons s'éloignent, un bourdonnement résonne, je perds connaissance.

Le bourdonnement revient et s'intensifie, je discerne à nouveau les sons, il frappe mon corps encore et encore.

— Lève-toi salope !

Je reviens à moi lentement. Il m'attrape par les cheveux, il a un couteau dans la main. Mais à quel moment a-t-il pris ce couteau ? Combien de temps suis-je restée inconsciente ?

Il me soulève d'un coup sec. Je me retrouve la tête au-dessus de l'évier, le couteau sous la gorge, toujours la tignasse entre ses doigts.

— Je vais te saigner comme un cochon !

Il faut que je trouve une solution ! Vite ! J'ai peur, vraiment peur !

Mon bébé, oh mon dieu ! Mon bébé ! pensé-je.

Et là, à cet instant précis, j'entends un petit pleure à l'étage, c'est l'heure du biberon.

— S'il te plait, avant de m'égorger, laisse-moi préparer le biberon de ta fille, laisse-moi la nourrir une dernière fois, le supplié-je.

Dans un élan de survie, je préfère dire Ta fille, vu qu'il l'aime autant que moi, j'espère que ça va le réveiller, me sortir de ce cauchemar.

— Ok, vas-y !

Il me lâche, je monte en vacillant chercher ma petite princesse, surtout je ne dois rien laisser paraître.

— Arrête de trembler, arrête de pleurer, me dis-je. Les bébés ressentent toutes nos émotions, je ne veux absolument pas lui transmettre ma peur.

Je la prends dans mes bras, dépose un baiser sur son front, il faut que je la protège, en bas, il y a un fou. Je réfléchis à une solution, je décide de redescendre afin de ne pas l'énerver un peu plus.

— Pose ma fille dans son transat et prépare lui son biberon ! m'ordonne-t-il.

Décidemment, je ne comprends pas ce qu'il se passe mais j'obéis.

Une fois Sandy attachée dans son transat, il se précipite à nouveau vers moi sans que j'aie le temps de réagir, tout va très vite, c'est dingue ! Et me voici à nouveau avec le couteau sous la gorge.

Comment vais-je pouvoir rester calme, contrôler ma peur pour ne pas effrayer mon bébé, oui comment ? Les larmes coulent, je ne contrôle absolument rien.

— S'il te plait, éloigne ton couteau de ma gorge, ta fille va avoir peur de toi, tu ne veux pas que ton enfant est peur de toi ? dis-je.

Il acquiesce, lâche prise. Je me dirige vers l'évier pour préparer le dernier repas de mon bébé.

Je prends Sandy dans les bras, je m'assoie sur la chaise pour lui donner son biberon, elle me fixe de son grand regard bleu, elle semble paisible. Je retiens mes larmes, il le faut, le temps du biberon.

J'aperçois vers la porte la poussette, elle n'est pas pliée, j'ai oublié de la ranger, voilà une solution. Il va falloir que j'agisse vite, très vite. Il est assis à ma droite en train d'essayer de se rouler une cigarette, je vais devoir partir par la gauche, déposer Sandy dans la poussette et sortir le plus rapidement possible. C'est risqué mais c'est jouable.

Mince, je suis pied nu, tant pis pour mes pieds, je n'ai pas le choix. Le téléphone est trop loin, de toute façon je ne pourrais pas appeler dans de telles conditions. Non, il faut que je sorte, que je trouve de l'aide et vite.

Elle a fini, il est temps d'agir ! Je me lève en l'observant, il est toujours la tête baissée à essayer de fabriquer sa satané cigarette. Je me dirige alors vers la porte, je dépose Sandy dans sa poussette, j'attache le harnais et j'ouvre la porte.

Mais là, il réagit, il bondit de sa chaise et se retrouve devant la poussette.

— Où tu vas salope ? tu crois pouvoir m'enlever mon bébé ? Hurle-t-il.

Mince, que dois-je faire ?

J'ai juste eu le temps de me mettre vers la porte. Il maintient le bas de la poussette, je n'arrive pas à partir avec. Je regarde dehors et je pars en courant. Je cours pieds nus, je vais directement chez sa mère nourricière. Je ne sens même pas la dureté du goudron tant l'angoisse et la peur m'ont envahi.

— Odette, Odette, à l'aide ! Vite ! Vite ! Appelez ma mère !

Je rentre chez elle en hurlant. Je me regarde vite fait dans la glace de l'entrée mes oreilles sont noires, mais ma priorité c'est mon enfant. Pourquoi l'ai-je mise dans la poussette ?

J'aurais dû la garder dans les bras mais j'avais tellement peur de faire une mauvaise chute. Ce n'est pas possible, je vais me réveiller, c'est juste un mauvais rêve. Malheureusement, c'est bien réel.

Odette appelle ma mère, elle explique la situation. Je tremble, je suis désemparée, j'ai mal, je tiens à peine debout mais il faut que je résiste. J'emprunte des chaussures, ma mère va venir avec son mari, ils habitent à cinq minutes en voiture. Je retourne là-bas, j'essaie de courir mais j'ai mal, vraiment mal, je n'y arrive plus, je lutte contre mon corps, contre les douleurs et j'avance trop lentement à mon goût.

Mon cœur bat la chamade, ma respiration s'essouffle, plus que quelques mètres. Je vais y arriver. J'entrevois au loin une silhouette. Ma mère est déjà sur place, ils ont été réactifs pour une fois. La porte de chez moi est grande ouverte, ma petite Sandy est dans les bras de maman, c'est un soulagement. Elles se dirigent toutes les deux vers la voiture pour mettre Sandy à l'abri.

— Merci mon Dieu, pensé-je les larmes aux yeux.

Elles sont assises sur le siège passager. Quand soudain, il surgit comme un lion, se rue vers le véhicule, lance un coup de poing dans le visage du mari de ma mère à travers la vitre baissée.

— Rendez-moi ma fille ! hurle-t-il

Les personnes présentent dans le café d'en face sortent, courent vers nous, ils lui tombent dessus à quatre. Ils le plaquent au sol mais il se débat, un combat acharné commence, les coups de poing fusent. C'est dingue, qu'est-ce qu'il a pris pour avoir autant de force !

Le propriétaire du café appelle le médecin dont le cabinet médical est dans la rue voisine, à quelques pas seulement. Il arrive avec sa mallette, il demande aux personnes présentes de le maintenir fermement. Du renfort vient, ils sont tous sur lui.

Ils lui tiennent les bras, la tête, les jambes, à même le sol en pleine rue. C'est incroyable, je n'ai jamais assisté à une telle scène, hormis dans les films peut-être. Le Docteur lui injecte un produit pour le calmer. Ils continuent de le maintenir au sol. En quelques minutes, il est assommé. Deux personnes le montent à l'étage et le dépose dans notre lit. Je les remercie, ils me font un signe négatif de la tête avec un air désapprobateur. Comme si j'étais responsable des évènements. Suis-je responsable ?

Je vais rester dormir chez Odette cette nuit avec ma petite fille, il n'y a pas de place chez ma mère de toute façon. Mais pour l'instant, le médecin m'ausculte et demande à ma mère de m'emmener à l'hôpital. J'ai ma Sandy dans les bras, plus jamais je ne la lâcherai.

Ma mère rentre chez elle pour déposer son mari, puis elle me rejoint chez Odette. Nous partons toutes les trois à l'hôpital, maman, Sandy et moi. Les coups ont été d'une violence inouïe, j'ai mal de partout, je n'entends presque plus, mes oreilles sont douloureuses, ma tête, mes bras, mon dos, je suis en compote.

Le verdict médical tombe, tympans perforés, divers hématomes sur toutes les parties du corps, ils n'ont rien décelé d'anormal à la tête, à surveiller néanmoins les prochaines quarante-huit heures.

D'après l'équipe médicale, j'ai eu de la chance.
Waouh ! Quelle chance !
Je viens de subir la folie d'un homme, les coups
de poing d'une violence extrême.
Waouh ! Quelle chance j'ai, dites donc !
Maman m'attend avec ma Sandy dans les bras.
L'important, c'est qu'elle n'est rien eu. Elle me
regarde de ses grands yeux bleus, je la prends
contre moi, je lui fais un gros câlin. Nous rentrons,
pas chez moi, je passe juste récupérer des affaires,
Lui dort paisiblement.
Odette nous accueille, elle ne paraît pas surprise,
comme si c'était habituel. Cela fait plus d'un an
que je vis avec lui, à aucun moment il n'y a eu de
signes précurseurs de violence envers moi.
— Tu sais, il agît toujours ainsi. Dès que mon mari
part, il montre son vrai visage, Pat est un homme
imprévisible, me dit-elle avec un sourire en coin.
Je comprends mieux l'inquiétude de son mari
hier. Franchement, il aurait pu être plus explicite !
Je suis perdue, la fin de journée passe en boucle
dans ma tête, j'ai du mal à réaliser.
Je me couche avec ma fille à mes côtés, la nuit est
longue, trop longue...
Au petit matin, le réveil est difficile, je suis toute
engourdie, je souffre de multiples douleurs. Il va
falloir que l'on ait une discussion, une explication
face à face. Mais aujourd'hui, j'ai mal,

physiquement et moralement. Ma priorité reste mon enfant.

Lorsque je pénètre dans la cuisine, il est là, assis devant une tasse de café l'air tout penaud. Je suis surprise, elle aurait pu me prévenir. Je n'ai même pas entendu le moindre murmure.

Ah mais oui, j'ai les tympans de perforés, je n'entends pas beaucoup du coup. Il n'ose même pas me regarder, en même temps, vu mes blessures, je peux le concevoir.

— Je suis désolé, chuchote-t-il.

Du moins, j'entends tellement mal que j'ai l'impression qu'il chuchote.

Je le regarde, notre fille dans mes bras, puis je m'avance vers l'évier pour préparer le petit déjeuner de Sandy.

— Je ne me souviens de rien, je te promets que je ne me souviens de rien.

— Comment ça, tu ne te souviens de rien ? lui demandé-je.

— Je sais ça peut sembler bizarre mais c'est la vérité, dis-lui toi que c'est la vérité, dit-il en regardant sa mère nourricière.

— Tu m'as insulté, frappé à coup de poing, c'était violent. Je ne méritais pas une telle attaque, avec notre fille dans l'appartement en plus.

— Je sais, je vais partir, je ne voulais absolument pas te faire du mal, je suis vraiment désolé. Je ne sais pas ce qui m'a pris.

Je pars avec ma petite au salon, je m'installe sur le canapé pour donner le biberon. Il sort en s'excusant une nouvelle fois.

— Tu peux rentrer chez nous, je ne reviendrai pas. Je m'habille, je change Sandy puis je remercie Odette pour son accueil.

— C'est vrai, il a des pertes de mémoires, ça a commencé à l'adolescence, quand il boit trop d'alcool, il devient un autre homme dangereux et violent, il se conduit comme ça que quand mon mari est absent, regarde le trou sur la table, c'est lui avec un couteau, il est malade ! m'annonce-t-elle au moment de partir.

Apprendre tout ceci au bout de tant de mois, je ne sais plus quoi penser. J'ai envie de lui dire : mais s'il est comme ça, c'est peut-être bien de votre faute ! C'est l'incompréhension totale.

Je décide de rentrer chez moi. Impossible de me reposer. La journée se passe difficilement, tout mouvement est compliqué, je regarde ma Sandy et je savoure chaque instant avec elle. Elle est si belle. En milieu de soirée, le téléphone sonne, j'hésite puis je réponds.

— C'est moi, je voulais encore m'excuser, je suis tellement désolé, tu es ma famille avec Sandy, je ne veux pas vous perdre, vous êtes ce que j'ai de plus précieux sur cette terre. Si je vous perds, je me suicide..., me déclare-t-il en pleurant.

Nous discutons une bonne partie de la nuit, il est tellement désemparé que je décide de pardonner l'impardonnable. Je suis certaine qu'avec de l'Amour je vais pouvoir l'aider, nous allons pouvoir avancer ensemble, en famille. Maintenant que je connais sa problématique, je serai vigilante mais je vais tout faire pour que lui et moi, nous menions une vie normale, sans violence ni haine, uniquement l'amour et le respect.

La nuit est vite passée, je n'ai pas beaucoup dormi. Je suis, malgré notre longue discussion, en plein questionnement ce matin. Cet acte de violence n'est pas anodin, je n'ai jamais vécu un tel acharnement de coup.

Il arrive en début d'après-midi avec un cadeau, une poupée de porcelaine, vêtue d'une longue robe blanche avec des petits volants en dentelles de couleur crème à chaque extrémité, des cheveux blonds encerclant un joli visage fin, coiffée d'un chapeau d'époque aux mêmes teintes que la robe. Elle est magnifique ! »

9

SÉQUESTRATION

Ce premier souvenir de vie de couple est d'une extrême violence mais je dois me le rappeler, il est important pour moi d'activer ma mémoire sur cette expérience hors norme.

Aujourd'hui, je ne tolèrerai absolument pas un tel comportement, même si, à l'époque, je trouvais des excuses à mon ex-époux tout à fait entendables par certains.

Certes, il était un homme discret, gentil, avec un humour que j'appréciais beaucoup, en plus d'être à mes yeux l'homme le plus beau de la terre, mais ce qu'il a commis est inacceptable.

Je sors m'occuper du poulailler, le soleil est là, je regarde l'heure, il est dix heures quinze, c'est l'heure du grand départ vers l'au-delà. Mes souvenirs s'envolent autour de moi...

« Mille neuf cent quatre-vingt-seize, nous avons un deuxième enfant, John âgé de deux ans et demi, il est aussi beau que notre première petite princesse. Nous vivons dans une grande maison en pleine campagne ardéchoise avec un jardin à l'arrière où nous cultivons divers légumes. Nous avons des voisins en dessous et à notre droite. La maison située à droite n'est pas mitoyenne, néanmoins, nous avons une fenêtre qui donne sur leur cour d'entrée et leur chambre. Il nous arrive de nous souhaiter bonne soirée lorsque nous fermons nos volets, c'est un rapport convivial entre nous.

Notre logement ne possède pas de chauffage central, nous utilisons deux poêles à bois pour chauffer cette grande surface de deux cent mètres carrés. J'aime m'occuper du bois, du jardin, de mes enfants. Cette vie à la campagne me plait.

Pat (nous nous sommes mariés il y a deux ans) traverse parfois des moments compliqués qu'il ne maitrise pas. Il a tendance à se réfugier dans l'alcool et la drogue, plus précisément, les joints, malgré les effets néfastes. C'est la seule manière de faire qu'il connaisse.

Je m'adapte en conséquence. L'important, c'est qu'il n'y ait pas de débordement devant les enfants, du moins, j'essaye de faire en sorte que tout se passe bien.

Parfois, je me réfugie chez ma petite sœur Vava, le temps de laisser passer l'orage, deux jours maximums. Néanmoins, je n'ai plus subit le déferlement de violence vécu en mille neuf cent quatre-vingt-douze.

Pat a trouvé un emploi en tant qu'intérimaire au sein d'une société de plâtrerie peinture. Pour l'instant, son dos tient le coup, mais je suis inquiète. Il a pour habitude de se détendre dans un bain bien chaud avant de souper, cela lui permet de soulager ses cervicales.

- Mais que fait-il ? pensé-je.

Il est l'heure de passer à table et toujours personne. D'ordinaire, je l'entends arriver au loin avec sa moto. John adore la moto. Sandy est différente, la moto l'effraie, elle a une peur bleue de tout ce qui fait du bruit telle qu'une perceuse par exemple.

Je commence sérieusement à m'inquiéter, je n'aime pas quand il est en retard, cela me rappelle forcément ma première agression. Je ressens comme un malaise, un présentiment, je dois rester vigilante, au cas où.

Une voiture entre dans la cour, je m'avance vers la fenêtre de la cuisine, c'est l'ami de Pat. John et Sandy sont à table, je sors sur le palier de la porte d'entrée. Pat est complétement saoul ! L'ami l'aide à sortir du véhicule.

— C'est bon, lâche-moi ! Je peux me débrouiller tout seul ! dit Pat.

Oh punaise, ce n'est pas vrai, pensé-je au plus profond de moi.

L'ami me salut vite fait de la main et repart à vive allure, ce n'est pas bon signe. D'ordinaire, il monte boire un verre ou un café selon l'heure.

Je rentre rapidement dans la maison avant qu'il nous rejoigne. Il faut que je reste calme, je vais coucher les enfants et j'envisagerai la suite. Heureusement, ils ont fini de souper.

Mais il est déjà là, dans l'angle de la porte, je préfère faire comme si de rien n'était.

— Ta journée s'est bien passée ? lui demandé-je.

Il me regarde, ce regard que je déteste empli de colère, de haine, de folie.

Je prends mon fils dans les bras du haut de ses deux ans, je demande à ma fille de venir vers moi.

Lui continue de me regarder, il ne me parle pas.

— Je vais coucher nos enfants, dis-je.

— Espèce de salope, tu crois que je ne vois pas ton manège ?

Mais qu'est-ce qu'il raconte ? Quel manège ?

Il est là, à la porte, je me sens prise au piège avec mes enfants cette fois-ci.

Normalement, quand il est en état d'ébriété, ils sont déjà couchés, c'est ce qui était convenu après la première agression physique.

Ce n'est pas possible, comment me sortir de cette situation sans violence ? Rien que l'insulte est déjà un signe précurseur.

— Les enfants doivent aller dormir, après nous pourrons discuter si tu veux.

Il regarde tour à tour Sandy et John, il me fait signe d'avancer. Je tiens la main de ma fille, et contre moi mon fils. Je suis envahie par la peur. C'est horrible !

J'avance lentement...

— Grouille-toi bon sang ! m'ordonne-t-il.

J'arrive à sa hauteur, il m'attrape par les cheveux.

— Maintenant, vous allez tous dans la chambre d'amis !

Cette chambre est celle qui donne chez les voisins de droite, elle possède un lit contre le mur à gauche de la porte, un clic clac à droite de l'entrée et une armoire en face.

Je n'ai pas le choix, je m'exécute.

Nous traversons le hall d'entrée puis nous prenons le hall des chambres pour se rendre dans celle du fond, à côté de la salle de bain.

Comment rassurer mes enfants, ce n'est pas possible. Sandy a quatre ans, elle se rend bien compte de la situation même si elle aime son papa. Et John, déjà qu'il est craintif, il ne me lâche pas, ses petits bras sont entourés autour de mon cou. Nous entrons dans la pièce, Pat me lâche enfin les cheveux.

— Vous dormirez tous là ce soir !

Il ferme la porte à clef ! Toutes les portes des chambres ont la même clef, et bien évidemment, il y en a qu'une.

Je suis totalement désemparée, je n'avais jamais songé à ce type de situation.

Je pose John sur le lit, Sandy me tient toujours la main, nous nous installons tous les trois, je suis au milieu, adossée au mur, mes bébés à mes côtés. Tout fusionne dans mon esprit, je suis face à l'inconnu, tout peut si vite déraper. Je regarde la fenêtre en face de moi, mais depuis le premier étage, il n'est guère envisageable de sortir par là. Il est presque vingt heures, normalement mes voisins ne devraient pas tardés à fermer leurs volets. Je me lève, je soulève la couverture du lit.

- Allongez-vous mes chéris, essayez de dormir.

Je dépose un baiser sur leurs petites joues, le rituel du soir, puis je décide de rester vers la fenêtre pour attendre le moment précis de l'apparition des voisins. Le jour commence à diminuer et toujours rien. Mes enfants n'osent pas bouger. J'ai mal au cœur pour eux, ils sont là, à se poser des questions dans ce lit qui n'est pas le leur, ils ne trouvent pas le sommeil. Forcément, comment s'endormir dans de telles conditions ?

J'entends des pas s'approcher, il revient. Je cours, je m'assoie au bout du lit en mode recroquevillée, les jambes repliées vers mon ventre, le dos contre le mur.

La clef tourne dans la serrure, la porte s'ouvre. Il se dirige vers la fenêtre et ferme les volets. Je suis désespérée... C'est comme s'il avait lu dans mes pensées.

Je pourrais m'échapper par la porte restée ouverte mais il est hors de question que je laisse mes enfants, ils sont réveillés, ils ont consciences de ce qu'il se passe. Je me mets à leur place, je suis leur maman, mon devoir est d'être présente à leur côté quoi qu'il arrive.

Pat se retourne et me foudroie du regard. Mais que se passe-t-il dans sa tête ? J'ai vraiment peur. Il s'avance, il m'attrape par le bras puis me jette sur le clic clac.

J'ai juste le temps de protéger mes organes vitaux en prenant la position du fœtus, il me roue de coups de poing. Je me contracte au maximum pour avoir le moins mal possible.

Je commence à compter les coups, il est important que je m'en souvienne à vie.

Les insultes pleuvent, toujours les mêmes.

Un, Deux, Trois, Quatre, Cinq, Six, Sept, Huit, Neuf, Dix, Onze, Douze, Treize... Soixante, Soixante-un, Soixante-deux, Soixante-trois, Soixante-quatre, Soixante-cinq, Soixante-six, Soixante-sept.

Rien ne sort de ma bouche, je ne crie pas malgré l'envie de hurler Stop, seules les larmes coulent.

Soixante-sept coups de poing essentiellement dans le dos. C'est inimaginable, je suis au bord du précipice, l'évanouissement est proche, mais mon corps résiste, il le faut.

J'ai envie de vomir, ma tête tourne.

Il sort comme si de rien n'était et referme la porte à clef. Mes enfants pleurent en silence, ils sont tous les deux allongés côte à côte, ils n'osent pas me regarder, leurs regards fixent le plafond.

Je suis paralysée, mon dos est atrocement douloureux. Je commence par bouger mes mains, puis mes bras, mes épaules, je n'ai rien de casser. J'essaye de me relever tant bien que mal, je souffre. Je dois me lever, aller à côté de mes enfants, les prendre dans mes bras et surtout, oui surtout, trouver une solution pour sortir d'ici vivante.

Je me pose doucement sur le lit, ils se blottissent contre moi.

— Je vais bien mes chéris, je vais trouver une solution.

Nous restons ainsi, **S**andy et John blottis contre moi un petit moment. Je n'ai plus la notion du temps. Apparemment la nuit est tombée.

— Maman, j'ai envie de faire pipi, me dit Sandy dans un murmure.

— Essaye de te retenir un petit peu, je vais appeler papa.

Je me lève lentement, je tambourine à la porte.

— Pat, **S**andy doit aller au WC, ouvre la porte s'il te plait, hurlé-je.

Il doit être dans la cuisine, je ne suis même pas certaine qu'il m'entende. Je recommence, mais en vain.

— Il va venir, ça va aller ma chérie.

Le temps passe, **S**andy a de plus en plus de mal à se retenir, j'essaye une dernière fois et là... La porte s'ouvre.

— **S**andy a besoin d'aller au WC, lui dis-je.

— Ok ! Va avec elle !

Je me retourne vers mon petit bonhomme.

— Je reviens de suite mon chéri, d'accord, tu ne bouges pas de là, j'arrive.

J'accompagne Sandy aux toilettes qui se situe à l'entrée de la maison, il me demande de faire vite et part à la cuisine. De la cuisine, il ne peut pas voir l'entrée, ni le hall des chambres.

— Ma chérie, tu ne dis rien, tu restes bien sur les toilettes jusqu'à ce que je revienne, d'accord ?

Elle acquise de la tête.

Dans ce hall, il y a le téléphone de branché avec une rallonge de plusieurs mètres pour que nous puissions bouger lorsque l'on est en communication. Je saisi le téléphone, je ramasse le câble et je le tire jusqu'à la chambre. Je pose le téléphone sur le lit, sous la couverture. Je fais le signe chut à mon petit John. Je bloque le câble contre le mur puis sous l'angle de la porte avec mon pied pour éviter qu'il gène, je le pousse le plus loin possible dans le couloir. Je fais en sorte qu'il soit bien adossé au bas du mur.

J'ai l'impression que mon cœur va sortir de ma poitrine et s'étaler parterre.

Je repars vers le hall d'entrée rejoindre ma fille en vérifiant bien que le câble soit le moins visible possible. Sandy n'a pas bougé de place. Je l'aide puis j'appelle Pat pour le prévenir qu'elle a fini. Il nous ramène dans la chambre, j'ai le cœur qui bat toujours la chamade. Il ne s'aperçoit de rien.

La porte se referme à clef, j'entends ses pas s'éloigner, nous reprenons notre place. Je laisse passer quelques minutes. Il est temps d'appeler ma mère. Je décroche le combiné, je compose le numéro, la tonalité résonne, pourvu qu'elle me réponde. Au bout de quatre sonneries, la voix de maman retentit.

— Allo, dit-elle d'une voix endormie.

— Maman, c'est moi, vite appelle les gendarmes, je suis retenue prisonnière aves mes enfants, appelle les gendarmes mais surtout ne me rappelle pas sinon il va me tuer, tu as bien compris ? Ne me rappelle pas. Dis-je dans un murmure.

Je n'ose pas parler, au cas où.

— Je t'entends mal, oh mon dieu, qu'est-ce qu'il se ...

Je raccroche de peur qu'il surgisse, je n'ai pas laissé ma mère finir sa phrase. J'espère qu'elle aura compris un minimum mon appel au secours. Les minutes me semblent éternelles. Mes enfants ne dorment pas, ils sont blottis contre moi.

Non, il revient !

— Couchez-vous, fermez les yeux.

Ils s'exécutent avec hâte, la porte s'ouvre.

— Chut, s'il te plait, tes enfants dorment.

Il entre, m'envoie un coup de poing dans la lèvre, regarde nos enfants, puis se dirige vers la porte. La

clef tourne dans la serrure, nous revoici enfermés.
Je suis soulagée, il n'a pas vu le téléphone.

J'essuis ma bouche, un léger filet de sang coule. Je suis certaine qu'il aime ses enfants, je ne pense pas qu'il pourrait leur faire du mal et pourtant, en agissant de la sorte, il les traumatise à vie.

Je rappelle ma mère.

— Allo, ma Cycy

— Oui Maman, tu as eu les gendarmes ?

— Oui, ils sont en route, ton père arrive.

— D'accord, Merci, je raccroche, bisous.

— Bisous ma chérie.

Qu'est-ce qu'elle m'énerve à me dire ton Père, bref, c'est juste un détail inutile.

Je ne sais pas combien de temps passe, cela me semble si long. Il n'est pas revenu pour l'instant. Je suis lasse, mon corps est en lambeau mais ce n'est pas le moment de baisser la garde. Mes paupières sont lourdes, mes enfants sommeillent dans mes bras, il doit être tard.

La sonnette de l'entrée retentit, j'entends à peine les voix, des pas s'approchent. Sandy et John sursautent lorsqu'il ouvert cette satané porte.

— Viens avec moi, Messieurs les gendarmes veulent te voir, me dit-il calmement comme si tout était normal.

Je prends mes enfants avec moi, quel soulagement de voir les forces de l'ordre sur le palier de la porte d'entrée.

— Bonsoir Madame, est-ce que tout va bien ?

— Oui elle va très bien, répond Pat.

—Je ne m'adresse pas à vous Monsieur mais à votre épouse.

Je fais un signe négatif de la tête.

— Voulez-vous sortir du domicile conjugal ?

J'acquise de la tête, aucun mot ne sort, je ne saurai pas vous dire pourquoi. Le gendarme s'adresse à Pat.

— Monsieur, nous n'avons pas le droit de rentrer chez vous mais votre épouse vient de donner son accord pour sortir de votre domicile, vous devez donc la laisser venir avec nous ainsi que vos enfants.

J'ai l'impression de voir un autre homme, il est tout gentil, il ne montre aucune agressivité, à croire, aux premiers abords, que c'est lui la victime.

Les gendarmes ont remarqué mes blessures, même si j'ai essayé de me protéger, j'ai quelques traces sur le visage dont la lèvre est en sang et gonflée.

Je sors, mes enfants contre moi, les gendarmes m'éloignent de la propriété, nous allons sur la route. Et là, je vois le mari de maman, dans sa voiture garée le long du chemin. Je raconte brièvement mon calvaire mais il est difficile pour moi de m'exprimer, je suis sous le choc.

Je décide de partir du domicile conjugal. Un gendarme m'accompagne pour récupérer des affaires, puis nous partons chez ma mère. Il est presque une heure du matin.

Le lendemain, le réveil est très difficile, j'ai mal dormi, mon dos est rempli d'hématomes, j'ai du mal à me lever ou me baisser, même la position assise est difficile. Je vais chez la doctoresse le matin même, elle constate les hématomes sur le dos et les bras, les légères blessures aux visages.

- Vous avez de la chance, aucuns de vos os ne sont cassés, me dit-elle.

Décidemment, j'ai l'air d'avoir de la chance ?!

Je me rends ensuite à la gendarmerie pour déposer plainte contre Pat avec un certificat médical d'ITT de quinze jours.

Que me réserve l'avenir ? De quoi sera fait demain ?

Tant de questions sans réponse. »

10

INJUSTICE

La matinée avance lentement, je rentre me préparer pour jardiner, j'enfile mes sabots spécial jardin, un gilet en laine car malgré le soleil, j'ai un peu froid. Je couvre ma tête de mon chapeau de paille, puis je me dirige vers le garage pour récupérer mes plants de légumes ainsi que les outils nécessaires à la plantation (gants, arrosoir, semoir, pelle à transplanter, râteau à main).

Chouchou me suit comme un petit toutou, il m'observe attentivement, je suis sa meilleure attraction quotidienne.

Princess est allongée sur la terrasse, elle profite du soleil tout en surveillant d'un œil les alentours. Quant à Mymy, elle court, elle saute, elle chasse tout ce qu'elle peut sur le terrain, c'est son moment de dépense énergétique.

Me voici fin prête, je dépose tout ce dont j'ai besoin dans la brouette. Je fais le tour de la maison, le jardin m'attend. Je respire profondément cet air de montagne si agréable. La terre accueille avec plaisir ce que je lui offre. Penchée au-dessus d'elle, je prépare les premiers trous pour les plantations, je pense encore et encore...

« Mille neuf cent quatre-vingt-seize, cela fait trois jours que je suis arrivée avec mes enfants chez ma mère, j'ai le sentiment d'être de trop, comme pendant toute mon enfance d'ailleurs. Je ne suis pas chez moi, cette maison n'est pas la mienne, même Sandy et John ne se sentent pas bien ici.

Cette nuit, Pat est venu, il a crevé les quatre pneus de la voiture parentale, le mari de maman est hors de lui. Je suis dans la salle à manger quand il se tourne vers moi.

- Bon écoute, tu ne peux pas rester ici, je te donne jusqu'à la fin de la semaine pour rentrer chez toi, me dit-il.

- Oui ma chérie, tu comprends, ton mari a crevé nos pneus, intervient ma mère.

Il continue à s'adresser en ma direction.

- Soit tu appelles ton mari, soit tu contactes qui tu veux mais tu ne peux plus rester ici. Il n'y a pas assez de place pour toi et tes enfants de toute façon, règle cette histoire aujourd'hui ! insiste-t-il.

Je le regarde, je ne sais plus quoi penser. Je me doutais bien que cette conversation aurait lieu, mais je pensais avoir plus de temps devant moi pour au moins trouver un logement. Je me lève dépitée, je me dirige vers le téléphone, je décide de contacter Pat. Ai-je le choix ?

La sonnerie retentit, il décroche.

— Allo !

— Bonjour, c'est moi, lui dis-je.

— Je te préviens, si tu ne reviens pas de suite, je viens et je te tue ! Et je n'hésiterai pas à revenir ce soir !

Je ne cherche même pas à discuter avec lui, c'est inutile. Je lui raccroche au nez. Fin de la conversation, je suis dans une impasse, il n'est pas dans son état normal. Je sais qu'il osera venir même si le mari de maman a un fusil de chasse, une magnifique carabine, ainsi que plusieurs boites de balles spéciales sanglier rangées dans l'armoire de la chambre parentale. Je suis certaine que si l'une de mes sœurs serait dans ma situation, il n'hésiterait pas à prendre son fusil pour les défendre.

Je ne sais pas comment faire, je ne peux pas me retrouver à la rue avec mes deux enfants. L'homme est cruel, sans cœur parfois.

Je suis fatiguée, j'ai mal à mon dos, ma tête, mes bras, rien ne va. Ma propre mère me tourne le dos par peur de représailles. De toute façon, elle me l'a tourné depuis bien longtemps déjà, même si elle ne s'en rend pas forcément compte. Elle doit combattre ses propres démons, son enfance a été chaotique, je ne peux pas lui en vouloir.

Mais là, je dois lutter pour mes bébés qui n'ont pas demander à naître dans ces conditions. J'ai tellement espéré vivre avec amour et respect, or voilà, la réalité est autre.

Après plusieurs minutes de réflexion, entre l'envie de m'effondrer, l'envie de pleurer, de crier mon désarroi, je n'en fais rien et je décide d'appeler le centre social de mon secteur. J'explique ma situation particulièrement critique, la secrétaire transmet mon appel à l'assistante sociale qui est disponible. Nous discutons un long moment, je lui fais part de toutes mes angoisses. Il est convenu qu'elle passe chez Pat pour discuter avec lui afin d'évaluer la situation actuelle. Je lui confirme qu'il est bien présent au domicile familial, apparemment, il n'est pas au travail aujourd'hui.

Je retourne dans la salle à manger, j'attends le rappel de l'assistante sociale en espérant qu'elle trouve une solution adéquate.

Toute la scène de l'agression passe en boucle dans ma tête depuis trois jours. Je n'arrive pas à passer outre, c'est plus fort que moi. Il faut dire que mon corps ne manque pas à me rappeler les coups, il m'envoie des signes violents, de vives douleurs nuits et jours. Je n'ai pas voulu d'un traitement à base de somnifères, uniquement un anti-douleur mais il n'est pas très efficace.

Il est dix-sept heures passées, l'assistante sociale m'appelle. Elle m'explique qu'elle est avec Pat à notre domicile, un homme gentil qui a conscience de ses problèmes d'alcool et d'agressivité. Elle m'explique également qu'il n'y a pas de possibilité de logement en urgence pour nous accueillir.

— Vous pouvez rentrer chez votre mari, Madame, j'ai convenu avec lui un arrangement, il va partir en cure de désintoxication dans un centre spécialisé à Valence dans un mois, nous avons pris le rendez-vous ensemble, vous n'êtes plus en danger, je vous le garantis, nous avons jeté ensemble toutes les bouteilles d'alcool, je vous le passe au téléphone, dit-elle avec conviction.

Ce n'est pas du tout le même homme que tout à l'heure, il a compris qu'il n'avait pas le choix, qu'il devait respecter l'accord passé avec les services sociaux. Il est tout mielleux.

Je raccroche le combiné même si je ne suis pas convaincue que ce soit la bonne solution. J'ai l'impression d'être renvoyé dans la gueule du loup, un loup qui est imprévisible, qui peut vriller à tout moment.

Vais-je supporter une nouvelle agression ? Et mes enfants, quelles vont être les conséquences psychologiques ? Ma mère paraît soulagée, son mari, quant à lui, est satisfait, je pars de chez eux demain. Est-ce que cela va suffire ?

Comment être certaine que nous ne risquons rien ?

J'ai vu le changement de comportement de Pat sous l'effet de l'alcool, sa violence verbale et physique. Selon avec qui il est, il change de personnalité. Je suis perdue.

Je me dis qu'après tout, l'assistante sociale a l'habitude de ce genre de situation. C'est une professionnelle de la petite enfance. Son métier, c'est de protéger les enfants, aider les familles. Néanmoins, quand je vois ce que les services sociaux ont fait avec Pat, je redoute demain.

Comment vont réagir mes bébés ?

Il est clair que nous n'irons plus dans la chambre d'amis. Cette pièce va être condamnée. Est-ce que cela va suffire pour passer outre cette séquestration ?

Appelons les faits correctement, il s'agit bien d'une séquestration avec actes de violences devant deux enfants ! Au vu de la réaction d'autrui, cela n'a pas l'air si grave apparemment.

Je vais donc pardonner une deuxième fois à Pat, après tout, il est mon époux, pour le meilleur et pour le pire. Elle est terrible cette phrase.

La fin de journée se termine sur une note bien amère, je suis emplie de question sans réponse.

Il est temps de se coucher. Nous dormons tous les trois dans un lit deux places, demain sera un autre jour. Inutile de vous dire que la nuit a été longue, impossible de fermer l'œil.

Le jour se lève, il pénètre à travers les volets, j'ai toujours autant de mal à bouger. Mes trésors dorment encore, j'essaye de sortir du lit sans les réveiller. Mission accomplie.

Je marche sur la pointe des pieds jusqu'à la porte, puis je m'éclipse de la pièce. La maison sommeille encore, il n'y a aucun bruit. Je vais dans la cuisine me préparer un petit déjeuner, je suis stressée, j'angoisse à l'idée de rentrer chez nous. Mais ai-je le choix ? Je ne connais personne qui accepterait de m'accueillir avec mes deux petits. Du moins, je n'ose le demander à personne, c'est délicat.

La maison se réveille petit à petit, chacun me rejoint à la table de la cuisine, personne n'ose vraiment parler.

Il est temps de se préparer pour le départ, le grand retour chez nous.

Dans la voiture, c'est le silence complet. Je suis à l'arrière avec Sandy et John, je regarde le paysage défiler, je suis anxieuse.

À peine arrivée dans la cour de notre maison, Pat sort sur le palier pour nous accueillir. Il semble à jeun, redevenu lui-même. Il est bien habillé, rasé de près, l'air penaud cependant.

Nous montons les marches pour le rejoindre, il baisse le regard, embrasse les enfants, je détourne la tête pour l'éviter. Ma mère et son mari ne s'attardent pas, ils n'abordent même pas avec lui l'histoire des quatre pneus crevés.

Je reprends mes habitudes, la journée se passe. Il est l'heure de coucher Sandy et John, nous allons pouvoir discuter comme deux adultes responsables.

Une fois le rituel du soir effectué, je me dirige vers le salon, Pat est assis sur le canapé d'angle noir, il m'attend. Je m'installe à sa gauche pas trop proche de lui pour qu'il comprenne que je n'ai pas eu le choix d'être là.

— Je suis désolé, je vous aime tellement, tu ne mérites pas ce que je t'ai fait, dit-il en pleurant la tête baissée.

Va-t-il oser enfin me regarder ? Je reste muette pour l'instant, je préfère l'écouter, l'observer même si j'ai déjà entendu ce refrain.

Il continue dans sa lancée, toujours pareil, son passé, l'absence de parents, il est seul, sans nous, il se suicide... La seule question qui me vient à l'esprit :

- Comment s'est passée ton entretien avec l'assistante sociale ?

Il lève les yeux en ma direction, enfin il me regarde ! Lui qui a connu les services sociaux toute son enfance, se rend-t-il compte dans la situation qu'il nous a mis ?

— Je t'ai déjà pardonné une fois, tu m'avais promis que tu ferais de ton mieux pour ne pas reproduire ses violences qui sont inacceptables. Ok, tu ne te rends pas compte de tes actes sur le moment, ok, tu es dans un état second, mais en sachant cela, pourquoi recommencer ? Tu t'imagines ce que nos enfants ressentent ? Si moi, en tant qu'adulte j'ai eu peur de mourir, imagine une seconde nos enfants. Là, l'assistante sociale m'a garanti que tu partais en cure de désintoxication, mais il faut que tu le veuilles vraiment, il faut que tu le fasses pour toi, pour notre famille, est-ce réalisable ? Tu peux être quelqu'un de bien, je veux y croire encore une fois, à toi de faire le bon choix, je ne peux pas agir à ta place, dis-je les larmes aux yeux.

Je me lève, je sors de la pièce, je suis épuisée, il est temps pour moi de dormir.

Plusieurs mois s'écoulent sans incidents, Pat a tenu sa promesse. L'assistante sociale est venue trois fois puis elle a cessé de nous suivre.

Le seul petit bémol qui m'interpelle, je n'ai jamais reçu de suite pour ma plainte, ni de convocation au tribunal. Pourtant l'acte en lui-même n'était pas anodin.

Puis un soir, Pat dépose un courrier sur la table reçu plusieurs jours auparavant, il me demande de le lire, il a été condamné à quatre mois de sursis pour violence conjugale.

C'est une blague !

Non seulement je n'ai jamais été tenue informée des démarches, mais en plus, la peine est dérisoire ! J'ai le sentiment d'injustice.

Là, j'ai des soupçons le concernant, je me demande s'il ne m'aurait pas caché les courriers à mon nom.

Néanmoins, à l'heure actuelle, le plus important c'est qu'il s'abstienne, qu'il ne replonge pas dans ce cercle infernal de l'alcool mauvais. J'y crois, je veux y croire.

En France, la violence conjugale n'est pas reconnue, c'est une certitude. La justice n'a aucune empathie envers les victimes de violence conjugale, mais j'ai eu de la chance n'est-ce pas ?

Je suis vivante. »

11

LE DÉPART

Je commence à avoir des courbatures de partout, il est temps pour moi de faire une pause. La position adoptée pour planter mes légumes n'est pas du tout agréable.

Je regarde ma montre, il est déjà onze heures vingt-deux, je me redresse tant bien que mal. Je dépose mes plants restants dans la brouette ainsi que mes outils. J'enlève les gants.

J'ai bien avancé quand même, j'ai mis en terre les tomates cerises, les cœurs de bœuf, les courgettes et les haricots verts. Il manque les aubergines, les melons, les choux verts et les fraises. Je regarde mon jardin, les carottes poussent bien, tout comme les poireaux, les oignons, les salades feuille de chêne, et les pommes de terre sont bientôt prêtes pour la récolte. Mes framboisiers sont magnifiques, adossés contre le mur qui clôture le terrain, ils bénéficient autant du soleil que de l'ombre selon l'heure de la journée.

J'espère que je vais avoir une bonne récolte cette année. J'adore les framboises, c'est mon fruit préféré.

Je laisse la brouette sur place, je reviendrai en fin de journée finir, disons aux alentours de dix-sept heures je pense.

Arrivée devant la baie vitrée restée entre-ouverte, je retire les sabots, je vais directement à la cuisine me laver les mains et le visage. Que vais-je manger ? Je me prépare une tasse de thé tout en réfléchissant à mon repas de midi.

Je rejoins Princess sur la terrasse, elle n'a pas bougé d'endroit. Je repose mon dos et mes genoux en m'installant dans le transat en position demi-couchée. Chouchou bondit sur moi, il s'allonge sur mes jambes en ronronnant, il me regarde avec ses beaux yeux bleus. Dans son regard, je peux voir l'Amour, il est tellement expressif ce chat.

— Oh mon Chouchou, je t'aime, lui dis-je en le caressant tendrement.

Mes chats sont si gentils, toujours là avec moi, ils ne demandent rien de plus, hormis leur gamelle pleine et de l'attention. Je savoure cet instant sous la vigne, entre les rayons de soleil qui s'infiltrent à travers le feuillage et son ombrage. Je suis bercée par le bruit environnant, le caquetage des poules, le chant des oiseaux. Mymy vient rejoindre son frère sur mes jambes, heureusement qu'elle est petite. Princess au sol lève la tête un instant, un bref instant, il n'y a plus de place de tout façon.

J'aime cette tranquillité, je n'ai pas vraiment d'obligation. Je gère mon temps comme bon me semble à partir du moment où tout est fait. J'accorde une grande importance à garder un rythme de vie correcte même si je vis recluse au fin fond d'une forêt Ardéchoise.

Une sonnerie retentit au loin. J'ai la flemme de bouger, je suis tellement bien ainsi. Je me motive.

— Désolée mes bébés, je dois me lever, dis-je en les déposant au sol.

C'est mon téléphone portable, un bip vient de sonner.

— Vous avez un nouveau message, m'indique le répondeur.

— Bonjour Maman, comment vas-tu ? Nous sortons de l'enterrement, je voulais juste parler un peu avec toi. Bon, et bien je reprends la route, je t'appelle dans la soirée, je t'aime, bisous.

C'est Gaby, ma petite dernière. Je lui réponds par sms.

Bonjour ma chérie, je vais bien et toi ? Et Nono ? J'espère que ça n'a pas été trop dur pour toi, pour vous. Entendu, à plus tard, rentre bien. Je t'aime également. Bisous.

Elle est si belle, je suis si fière d'elle et de mon petit fils. Elle a su devenir une femme indépendante avec un métier qui lui plaît, elle mérite d'être heureuse, Sandy et John le méritent tout autant. Mes enfants et mon petit-fils sont ma raison de vivre, ma fierté, ma famille.

119

Je prends une part de ratatouille faite maison au congélateur, je la réchauffe au micro-onde et c'est partie. Mon plateau repas en main, je retourne sur la terrasse mais cette fois-ci, je m'installe à table, dos à la baie vitrée, vue sur la cour d'entrée.

Après manger, je reprendrai mon roman, il est presque fini. La correction est la partie la plus longue à mon goût, il faut rester vigilant, elle dure plusieurs jours. Je préfère lire et corriger un chapitre à la fois pour éviter de rater une faute d'orthographe ou une erreur grammaticale mais également pour éviter la fatigue. Parfois, j'en corrige deux d'affilés. Une fois que j'aurai terminé la correction, j'enverrai mon livre à cinq bêta-lecteurs pour qu'ils me donnent un avis lucide. Leur retour est très important pour moi, c'est ce qui définit si le roman est publiable.

Je commence à manger, mes pensées m'envahissent à nouveau.

« Décembre mille neuf cent quatre-vingt-dix-huit, voici quelques semaines que Pat recommence ses délires. Il a suffi d'un enchainement de coup dur pour qu'il perde pied. Ses parents nourriciers sont décédés puis, quelques mois plus tard, son nouvel employeur, un propriétaire de centre équestre, fait un arrêt cardiaque à cinquante-quatre ans. Il avait beaucoup de respect pour lui, un peu son mentor, le père qu'il n'a pas eu d'après lui.

Mais cela n'excuse pas le fait qu'il retombe dans l'abime de l'alcool, nous traversons tous des moments difficiles. La vie est ainsi faite, avec ses aléas. Sauf que pour Pat, tout peut vite déraper.

Il rentre tard dans la nuit, lorsque la maison est endormie. Il est dans un état second. L'autre Pat, celui que je déteste, est de plus en plus présent. Il entend des voix, délire, parle tout seul, avec une agressivité bien présente.

Alors je me cache où je peux pour éviter tout débordement. J'en suis arrivée là, à me cacher.

S'il me trouve, il me traine par les cheveux jusqu'à la chambre pour des rapports intimes non désirés et quelques coups par ci, par là. Sans oublier les insultes, toujours les mêmes.

C'est une descente aux enfer chaque nuit qui passe. Je ne crie pas, je reste silencieuse pour éviter de réveiller la maison.

Depuis quelques semaines, je subis en silence, encore et encore... Celui que j'aime disparaît un peu chaque jour qui passe.

Sandy m'a sauvé la vie hier soir. Mes enfants étaient encore à table, Pat est arrivé un plus tôt que les jours précédents. Je débarrassais la table quand, il est entré. Il s'est approché, il a commencé par jeter les assiettes au sol puis il s'est dirigé vers moi. Il m'a attrapé par le cou avec ses deux mains, il m'a soulevé et m'a collé dos au mur. J'étouffais, oui j'étouffais vraiment, mes pieds ne touchaient plus le sol. J'essayais de retirer ses mains de mon cou, mais impossible. Il était trop fort pour moi. Je ne pouvais absolument plus bouger.

Lorsque Sandy a réagi, elle a agrippé son père à la jambe.

- Laisse ma maman tranquille papa, ne la tue pas, je l'aime, s'il te plaît.

Il a eu un instant de lucidité. Il a regardé Sandy puis il m'a lâché. Il est reparti en voiture comme un fou furieux, je ne l'ai pas revu de toute la nuit.

Je pense à notre fuite de plus en plus, mais je n'ai aucun soutien extérieur, même la justice m'a abandonnée avec la peine dérisoire de quatre mois de sursis. Alors, je survis jusqu'à ce que je trouve une solution fiable à cent pour cent.

Aujourd'hui, je vais en ville, j'ai rendez-vous dans une auto-école. Le réveil est de plus en plus difficile. Je me sens périr de jour en jour, et pourtant, je dois continuer à espérer un peu.

Je recouvre mon cou avec un foulard pour cacher les traces de strangulation de la veille. Sandy et John vont à l'école, c'est moi qui les emmène avec l'une de mes voisines. Elle n'a aucune idée de ce qu'il se passe en ce moment.

Arrivée à l'école, je préviens les maitresses qu'ils resteront à la garderie du soir, puis je rentre chez moi.

Je n'ai pas vu Pat depuis l'incident de la veille, il doit être chez son ami. J'effectue les tâches quotidiennes. En début d'après-midi, je n'ai toujours aucunes nouvelles. Je me prépare pour me rendre en ville même si je n'ai vraiment pas le goût. Obtenir mon permis de conduire est devenu primordial. Il va me permettre d'être indépendante à cent pour cent. Il est mon ticket de sortie de cet enfer.

Je prends le bus, j'arrive à Le Teil. Je trace jusqu'à l'auto-école dont Pat m'a parlé, il connaît le propriétaire des lieux, normalement les formalités ont été convenues. J'ai deux cent francs dans la poche pour payer les cours de codes, un peu de monnaie pour le trajet et ma carte d'identité en cas de contrôle.

Arrivée sur les lieux, je me présente à une femme qui est à l'accueil, surement l'épouse du propriétaire, elle me dirige vers la salle où ont lieu les leçons. Elle n'est pas vraiment accueillante, elle paraît même mauvaise, je ne l'apprécie absolument pas au premier abord. Elle me donne juste un support, une feuille de code et un stylo puis me demande d'aller m'assoir à une place sans faire de bruit.

J'ai prévu de rester pour deux leçons, peut-être trois si j'ai le temps, je dois reprendre le bus et aller chercher mes enfants à la garderie. En plein cours de code, la femme entre dans la pièce, elle se met à hurler.

— Bande d'incapable ! Restez attentif ! Vous n'aurez jamais votre code !

Pour quelle raison ? Je n'en ai aucune idée.

Sans réfléchir, je me lève et je quitte les lieux, j'entends assez crier chez moi en ce moment la nuit ! Elle me regarde passer devant elle en mode stoïque. Sans un mot, je sors de l'établissement ! Avec l'argent en poche, je pars récupérer Sandy et John. La garderie et l'école sont sur la ligne du bus, il faut marcher un peu mais cela reste un avantage non négligeable quand on n'a pas le permis. En plus, pour le retour, l'arrêt de bus se situe à quelques centaines de mètres de la maison, c'est bien pratique.

J'arrive plus tôt à la garderie du coup, nous allons attendre un peu notre transport en commun, il y en a toutes les heures de la journée. Cette ligne va de la gare d'Aubenas à celle de Montélimar et vice versa.

Assis tous les trois sur le banc, j'en profite pour regarder le cahier de Sandy, elle est au CE1, les choses sérieuses commencent. Vu son intelligence, je ne m'inquiète pas pour elle, elle a les mêmes capacités et facilités que moi. La seule différence, je serai là pour la stimuler et la soutenir. Nous voici sur la route du retour.

Tous les trois, nous descendons du bus, John dans mes bras, il est fatigué ce soir, Sandy me tient la main gauche.

La voiture, une Peugeot achetée récemment qu'il a repeinte en deux couleur (jaune et vert), est garée dans la cour, il est rentré.

À peine ai-je franchi le seuil de l'entrée que Pat surgit comme un fou. Je n'ai pas le temps de réagir, son poing vole pour cogner ma tête côté gauche qui tape en retour contre celle de John. Nos têtes s'entrechoquent, le coup est violent. John se met à pleurer.

— Oh ! le petit con à sa maman qui pleure, ose-t-il dire.

Trop c'est trop !

Je n'autorise personne à faire du mal à l'un de mes enfants.

Je dis à Sandy de sortir et de courir aussi vite qu'elle peut en direction de l'arrêt du bus. Je la suis, je ne me retourne pas, nous courons encore et encore. John est toujours dans mes bras, il commence à être lourd, mais je résiste, je cours avec ma fille à mes côtés.

Arrivée à l'arrêt, je vérifie les horaires. J'ai la peur au ventre qu'il surgisse, la peur qu'il nous oblige à retourner dans son enfer. Un bus devrait arriver dans moins de trente minutes. J'observe toujours la route en direction de notre maison, personne à l'horizon.

Les minutes sont interminables.

Je pose John à terre à côté de moi, je n'en peux plus. Nous sommes tous les trois, debout, à attendre dans le froid la peur au ventre... Enfin, le bus approche. C'est le bon timing, à croire que la chance me sourit enfin. Oui, vous savez cette fameuse chance... Nous montons à l'intérieur, le chauffeur me demande notre destination.

— À Le Teil, Place des Sablons s'il vous plaît.

Cela tombe bien, j'ai encore les deux cent francs dans ma poche et assez de monnaie pour payer le trajet.

— Où on va maman ? me demande Sandy.

Il faut que je trouve une réponse rapidement, elle doit être rassurée, moi-même je ne sais pas trop en fait.

— Chez ma grand-mère, dis-je sans réfléchir.

Ma grand-mère vit à coté de mon oncle et ma tante, ceux chez qui je m'étais réfugiée pendant mon adolescence.

À la descente du bus, nous devons encore marcher plusieurs minutes. Je n'en peux plus. John n'a plus de force, il est extrêmement fatigué et Sandy commence aussi à se sentir mal. Mes pauvres chéris ! Quelle galère !

Arrivée devant la porte de ma grand-mère, je sonne à l'interphone. Elle m'ouvre, elle est surprise de me voir débarquer en début de soirée avec mes deux enfants. Je lui explique la situation.

— Mais vous ne pouvez pas rester ici, je n'ai pas assez de place pour vous coucher.

Là, je suis totalement dépitée. J'ai envie de hurler, dans ma tête tout se bouscule.

— Mamie, nous ne pouvons pas retourner là-bas, ce n'est pas possible, il va me tuer !

— Bon attends, je vais appeler ton oncle.

Nous voici chez mon oncle et ma tante, ils acceptent de nous accueillir. Je suis soulagée même si je ne sais absolument pas comment va se dérouler la journée de demain. Nous sommes tous assis autour de la table de la salle à manger, nous mangeons un peu, mais je n'ai guère faim.

— Demain matin, tu vas à la gendarmerie signaler que tu as quitté le domicile conjugal avec les enfants, c'est important, puis tu appelleras l'assistante sociale d'ici pour qu'elle te trouve un lieu d'accueil d'urgence, me conseille mon oncle.

La soirée se passe dans le calme, je suis épuisée tout comme mes enfants. Lorsque je leur explique la séquestration, ils sont outrés, ils n'étaient pas au courant. Comment peut-on renvoyer une famille au près d'un homme dangereux ?

Une chose est sure, je ne vivrai plus avec Pat, il pourra me menacer autant qu'il voudra, je dis Stop.

Ma tante nous installe dans la deuxième chambre. Nous n'avons aucun vêtement de rechange, aucun effet personnel, rien, mais nous sommes tellement épuisés que les bras de Morphée nous emportent dans le monde des songes en une fraction de seconde. C'est la première fois depuis des semaines que je dors aussi bien.

Mon oncle est bloqué au niveau du bas du dos, le nerf sciatique, il a du mal à se déplacer. Il est en arrêt maladie, disons plutôt en accident du travail. Ma tante effectue quelques ménages chez des particuliers. Ce matin, elle est partie travailler.

Après le petit déjeuner, je nous prépare pour aller à la gendarmerie, la route est longue. Je n'imaginais pas que ce soit si loin en fait.

Une fois à la gendarmerie, je déclare donc avoir quitté le domicile conjugal avec mes deux enfants, je fais également une main courante. Le terme n'est pas vraiment adapté aux circonstances mais vu la stupidité dont peut faire preuve l'être humain, plus rien ne m'étonne.

Sur le chemin du retour, je décide de passer directement au centre médico-social. Il est situé dans une ancienne usine de trois étages qui regroupent la CPAM, Pôle Emploi, un Centre de Formation, la PMI et le Centre Médico-Social au premier. J'explique la situation à la secrétaire qui m'indique qu'aucun rendez-vous aujourd'hui n'est disponible. Je sens que c'est reparti pour la même galère que la première fois.

— Excusez-moi d'insister, mais il faut absolument qu'une personne m'appelle au moins, c'est urgent, s'il vous plaît, supplié-je.

— Je vais voir ce que je peux faire mais je ne vous garantis pas qu'une personne soit disponible aujourd'hui. Je vous donne un rendez-vous pour mardi prochain, c'est le mieux que je puisse faire.

Elle me tend une carte avec la date et l'heure du rendez-vous ainsi que le nom et prénom de l'assistante sociale. Je lui laisse les coordonnées de mon oncle. Inutile d'insister, le système de protection n'est pas un système de protection, je suis lasse, blasée.

Combien de temps vais-je pouvoir rester chez mon oncle et ma tante ? Ce n'est pas une solution. Je rentre sans grand espoir. Sandy et John sont adorables, ils ont marché tout le long sans se plaindre une seule fois, et ce, toute la matinée.

À treize heures trente, la sonnerie du téléphone sonne, mon oncle répond, c'est pour moi. Il me passe le combiné, j'active le haut-parleur, cela m'évitera de devoir tout répéter. J'explique la situation pour la deuxième fois de la journée.

— Je comprends votre situation Madame, mais je n'ai pas pour l'instant de place disponible en centre d'accueil d'urgence, je ne sais pas quoi vous dire. Vous ne pouvez pas rester un peu chez votre oncle ?

Et là, à ce moment précis, mon oncle prend le combiné.

— Comment ça, vous n'avez pas de place disponible ?! Ma nièce reçoit des menaces de mort, elle est battue par son mari devant ses enfants depuis des semaines et vous, vous n'avez pas de solutions !! Il vaut mieux pour vous que vous trouviez une solution aujourd'hui, car si je viens dans vos locaux, ce ne sera pas du tout la même histoire !! Ai-je été assez clair ?!

— Je vais voir ce que je peux faire Monsieur, il est inutile de me parler ainsi, je vous recontacte.

— Non ! Vous n'allez pas voir ce que vous pouvez faire, c'est du foutage de gueule ! Vous allez trouver une solution et vite !

Puis il lui raccroche au nez. Je suis sans voix. Jamais personne n'avait pris autant ma défense. Il a osé, et je suis certaine que s'il serait devant Pat, il oserait aussi. Voilà un homme, un père, tout ce que je n'ai pas connu jusqu'à présent.

Il est en colère, vraiment en colère contre le système, contre ma mère et son mari, il rumine, tourne en rond. Il est outré. Lui qui a vécu pendant son enfance la violence de son père envers sa mère, il est bien placé pour comprendre notre désarroi.

Je le remercie, sincèrement Merci.

Comme par enchantement, elle rappelle pour m'annoncer qu'elle vient nous chercher demain à quatorze heures. Nous serons transférés dans un centre d'accueil d'urgence Mère/Enfant. C'est le soulagement !

Enfin, j'ai été entendu grâce à mon oncle et son tempérament de feu. Si j'avais su, je me serais réfugiée ici bien avant. Comment savoir après tout ? Mon oncle et ma tante n'ont pas été présent lorsque je me suis enfuie de l'internat. Ils m'ont renvoyé directement chez ma mère. Ils ne m'ont jamais vraiment soutenu, ni écouté. Pour eux, j'étais une gamine chanceuse qu'un homme est bien voulu jouer le rôle de père.

La vérité ne ressemble en rien à ce qu'ils s'imaginent.

Un jour, je leur raconterai en détail ma relation avec le mari de ma mère. Oui, un jour je le ferai, mais pas pour l'instant. J'ai d'autres préoccupations en tête beaucoup plus importantes que ces petits détails qui me semblent aujourd'hui anodins.

Nous n'avons rien. Absolument aucun vêtement de rechange, rien. Cela fait deux jours que nous portons les mêmes habits. Cela fait deux jours que John n'a pas dit un seul mot, je m'inquiète. Heureusement qu'il a son doudou et sa sucette. Je n'ose pas imaginer sans ça.

L'acte de son père est impardonnable ! Mon petit cœur est tellement gentil, il est si doux, si mignon. J'ai le cœur brisé de le voir ainsi. Sandy a un fort caractère ce qui lui permet de surmonter le traumatisme différemment. Néanmoins, je préfère rester vigilante au moindre signe de troubles post traumatiques. Quand je vois dans l'état psycholo-gique que je suis, et toutes les questions qui fusion-nent dans mon esprit, j'imagine mes bébés ce qu'ils doivent ressentir.

Que nous réserve l'avenir ? Serons-nous réelle-ment en sécurité ? Comment ne plus vivre dans la crainte ? Va-t-il mettre à exécution ses menaces de mort ?

Je me couche avec toutes ses questions en tête.

Ma priorité, ce sont mes enfants. Je ne dois jamais l'oublier. »

12

LE CHANGEMENT

Mon repas est terminé, je suis repue. Je vais m'allonger un peu dehors, sur le transat, je débarrasserai le plateau après. Mes paupières sont lourdes, les bruits de la nature me bercent comme une douce mélodie aux diverses sonorités.

Rien de telle que Dame Nature pour panser les plaies les plus profondes.

Il ne me manque plus que le bruit de l'eau. Je préfère ne pas habiter à côté d'un coin d'eau, car s'il y a une chose que l'on ne peut pas stopper, c'est bien une inondation. J'ai juste un puit au niveau du jardin. Je récupère également dans une citerne l'eau de pluie qui s'écoule au niveau des gouttières. Cette réserve m'est utile pour le WC, la machine à laver le linge, le lave-vaisselle et l'entretien de la maison. C'est un gain d'argent non négligeable et, en plus, c'est écologique.

J'envisage d'installer une sorte de piscine écolo avec un recyclage naturel de l'eau. C'est pour l'instant juste un projet, j'y réfléchis. J'espère que mon roman va plaire à la critique littéraire et trouver son public pour me permettre d'avoir une entrée d'argent un peu plus conséquente.

Un soupir s'échappe de ma bouche, mes paupières clignotent, mes pensées s'entrechoquent. Décidemment, cette journée est vraiment spéciale.

« L'arrivée au foyer Mère/Enfant se fait en douceur, nous sommes accueillis par le Directeur. Il nous présente les lieux, le bâtiment est divisé en trois parties.

La première partie est dédiée uniquement aux bureaux administratifs. La deuxième partie, celle où nous allons séjourner quelques temps, possède une pièce commune équipée d'une cuisine avec un coin repas, un coin salon avec un canapé et une télévision, une salle de bain pour tous les résidents et trois chambres individuelles. Quant à la troisième partie, elle accueille exclusivement la petite enfance.

Le tour des lieux terminé, le Directeur me présente la personne en charge de mon suivi, Mr Etienne. Lorsque je le vois, je ressens un malaise. Un homme... J'aurais préféré une femme.

Comment parler de mon expérience correctement avec un homme ? Même s'il semble gentil.

Mr Etienne nous installe dans l'une des chambres, celle au fond du couloir. Elle est sobre, un lit superposé avec un lit tiroir, une armoire et une petite table.

— Vous pourrez ranger vos affaires dans l'armoire, me dit-il.

— Nous n'avons pas d'affaire, dis-je embêtée.

— Ce n'est pas grave, nous allons en trouver. Suivez-moi.

Lorsque nous passons dans la pièce commune, une jeune femme est installée avec son bébé sur le canapé. Mr Etienne fait les présentations puis, il nous emmène dans la troisième partie du bâtiment où se situe une pièce remplie de tout style de vêtements.

— Choisissez plusieurs tenues en attendant que l'on puisse récupérer les votre dans quelques jours.

Je prends trois tenues complètes pour chacun d'entre nous, même s'il n'y a pas forcément ma taille. Je suis toute menue, il me faut du trente-six mais ce n'est pas grave. Je préfère être habillée dans du large et me sentir enfin en sécurité.

En retournant dans nos parties communes, Mr Etienne m'explique le règlement intérieur des lieux. J'acquise et j'adhère sans soucis.

— Je vous verrai demain matin pour un entretien, nous fixerons ensemble un objectif précis pour votre avenir et celui de vos enfants, à demain, reposez-vous bien, me dit-il.

Je le remercie. Nous nous installons dans notre nouvel environnement pour une durée indéterminée. Voilà trois jours que Pat est sans nouvelle, c'est la première fois qu'il ne sait absolument pas où nous sommes.

L'après-midi est vite passée, il est temps pour nous d'aller à la douche avant la livraison du repas du soir. Ici, nous ne cuisinons pas, même si tout est prévu pour, il y a un cuisinier qui prépare les repas pour tout le monde.

Néanmoins, nous avons le choix. Le souper arrive sur des plateaux exactement comme à l'hôpital. C'est l'occasion de faire plus ample connaissance avec l'autre maman. Elle est réservée, ce que je peux tout à fait comprendre. Se retrouver ici n'est pas facile, cela signifie que dans notre environnement quotidien, nous sommes en danger. Ce n'est pas anodin.

Je décide de me coucher en même temps que Sandy et John. Cette journée a été éprouvante, c'est beaucoup de changements pour nous trois. Je m'endors sans aucunes difficultés, je suis enfin en sécurité avec mes deux amours.

Le jour est levé, je regarde ma montre, il est sept heure vingt-trois minutes. Je me prépare, Mr Etienne vient dans la matinée pour un entretien décisif, j'appréhende un peu. Le petit déjeuner est servi à huit heure, c'est le même procédé que les repas, nous pouvons choisir entre lait/cacao, Thé ou café. Le dimanche, ils offrent des viennoiseries. Les autres jours de la semaine, c'est pain, beurre et confiture.

Aujourd'hui, nous sommes vendredi, cela fait quatre jours que Pat est sans nouvelles. D'ailleurs, hormis mon oncle et ma tante, personne ne sait exactement où nous sommes. C'est rassurant. Sandy et John se réveillent, nous allons prendre le petit déjeuner. Je les habille chaudement pour cette journée ensoleillée de décembre.

Cette après-midi, nous irons nous balader en ville, visiter un peu les alentours.

Vers neuf heure, Mr Etienne arrive, il me demande de le suivre.

— Laissez vos enfants ici, ils ne risquent rien avec l'autre maman, ça ne va pas durer longtemps.

Je ne suis pas trop rassurée, mon John ne parle plus depuis quatre jours.

— Je reviens mes chéris, d'accord. L'autre maman va vous garder un peu, vous ne risquez rien ici, dis-je.

Je les installe sur le canapé, ils choisissent ensemble un dessin animé, ce sera le Roi Lion. Au moins, je sais qu'ils seront tranquilles sans trop se poser de question.

Arrivée dans le bureau de Mr Etienne, je découvre une petite pièce meublée d'une table faisant office de bureau avec deux chaises et une étagère où sont rangés des papiers et des dossiers. Je m'installe à sa droite, je ne suis pas très à l'aise.

— J'aimerai que vous me racontiez les raisons qui vous ont amené ici et les démarches que vous avez effectué, me dit-il en adoptant un ton serein et confiant.

Ce n'est pas facile de parler. Par où commencer ? Depuis que j'ai mis un pied par terre ce matin, je réfléchis à la manière dont je vais pouvoir expliquer la situation actuelle. Je me lance, je lui parle de mes conditions de vie avec Pat, de notre fuite, de notre accueil au sein de ma famille, de la déclaration auprès de la gendarmerie. Je lui explique tout le cheminement passé lors de l'intervention d'une travailleuse sociale, de la décision judiciaire, de ma crainte au quotidien. Il comprend ma situation.

— Si vous êtes d'accord, notre premier objectif va être d'acquérir votre indépendance. Je vais vous accompagner pendant plusieurs mois vers votre autonomie. Pour commencer, voici un dossier CAF pour bénéficier de prestations familiales, qui est allocataire dans votre foyer ?

— C'est moi, les allocations sont versées sur notre compte commun.

— D'accord, donc première étape, vous remplissez le dossier CAF, vous ouvrez un compte bancaire à votre nom. Nous allons laisser passer le week-end, puis lundi, nous contacterons votre époux et envisagerons la suite. Êtes-vous d'accord ?

— Oui, bien sûr.

Il notifie ce premier objectif, j'appose ma signature en bas du document.

À mon retour, mes enfants n'ont pas bougé de place, je m'installe avec eux pour regarder les dernières minutes du Roi Lion.

Après le repas de midi, nous sortons un peu. Un paradoxe incroyable, le foyer d'accueil se trouve à proximité de l'ancien hôpital où je suis née. J'ai l'impression de faire un retour aux sources, peut-être une renaissance, seule l'avenir me le dira. Nous rentrons dans une petite superette pour acheter des gâteaux et des bonbons avec une partie des deux cents francs restés dans la poche de mon manteau. Tranquillement, nous rentrons au foyer. Que c'est agréable de pouvoir vivre sans crainte, sans se demander si Pat va être saoul.

Oui que c'est agréable.

La fin de semaine se passe sereinement. J'ai ouvert un compte bancaire à la Caisse d'épargne du secteur et remplis le dossier CAF près à l'envoi, il partira lundi après mon rendez-vous avec Mr Etienne.

Je redoute un peu l'appel de Pat. L'avantage, je ne suis plus en danger, quoi qu'il dise, je suis enfin protégée.

On y est, c'est lundi. L'heure de passer ce fameux coup de téléphone a sonné.

Je suis dans le bureau de Mr Etienne, je compose le numéro de la maison, il prend l'écouteur pour entendre notre conversation. Après plusieurs sonneries, Pat décroche.

— Allo.

— C'est moi

— T'es ou bordel ? et les enfants ?

— Je suis en sécurité. Pour l'instant je ne peux pas te dire où nous sommes.

— Tu te fous de moi ? Qu'est-ce que tu veux faire ? Tu veux divorcer, c'est ça ?

— Pour l'instant ce n'est pas prévu. Je veux juste discuter avec toi.

— Je te préviens, si tu ne reviens pas de suite, je te retrouve et je te tue ! T'as bien compris ? Personne ne m'enlèvera mes enfants ! Je te tue ! hurle-t-il dans le téléphone.

Mr Etienne me fait signe de lui passer le combiné.

— Bonjour Monsieur. Je me présente, je suis Mr Etienne, éducateur spécialisé, et je viens d'entendre les menaces que vous avez faites à votre femme. Sachez Monsieur que vos enfants et votre femme sont en sécurité. Serait-il possible que nous puissions trouver un accord ?

— Bonjour, euh oui, euh... je m'excuse pour ce que je viens de dire à ma femme mais je suis sans nouvelle depuis une semaine, comprenez-moi.

— Je peux comprendre que vous soyez inquiet mais les menaces de mort ne sont pas acceptables. Vous n'avez pas le droit de parler ainsi à votre épouse. Vous comprenez bien que face à votre violence, il est nécessaire de protéger votre épouse et vos enfants. Je vous garantis donc qu'ils sont en sécurité. Selon votre comportement lors de nos prochains contacts, je déciderai si vous pouvez être informé du lieu où s'est réfugié votre famille. En attendant, pouvons-nous venir un jour dans la semaine récupérer certains effets personnels ?

— Euh oui, Euh... disons jeudi en début d'après-midi.

— Entendu Monsieur, je viendrais jeudi accompagné de votre épouse et de vos deux enfants, laissez les clés à un endroit précis, votre présence n'est pas recommandée. Je vous donne le numéro de téléphone pour me joindre si vous souhaiter prendre des nouvelles de vos enfants. Pour l'instant, je préfère que vous n'ayez pas de contact direct avec votre épouse.

— D'accord, je comprends. Merci pour mes enfants, dites-leur qu'ils me manquent et que je les aime très fort, je poserai les clés sous le paillasson de l'entrée.

— Merci, je leur transmets votre message. Bonne journée, aurevoir Monsieur.

— Aurevoir.

Et voilà, c'est fait. Les choses se mettent en place au fil du temps.

Déci jeudi, j'avance dans mes démarches. Je prends rendez-vous avec un avocat pour demander en premier temps une séparation de biens et de corps. Je crains toujours des représailles, même si je préfèrerai divorcer. Je sais très bien que ce mot *divorce,* Pat ne le supporte pas.

Pat a déjà été marié une première fois à ses dix-huit ans. L'histoire s'est terminée à coup de carabine. Il a tiré sur son ex-épouse. Heureusement, il l'a blessé qu'à la jambe mais cela aurait pu être dramatique.

Je me souviens encore lorsqu'il m'a raconté les faits. Il avait surpris sa femme au lit avec son meilleur ami. Du coup, il a vrillé, chose que je peux tout à fait comprendre. Franchement, je ne sais pas du tout comment je réagirai face à l'adultère. C'est pour moi une trahison impardonnable. Mais est-ce pire que les coups et les insultes en fin de compte ?

Si je suis capable d'avoir pardonné à deux reprises les violences, pourquoi ne serais-je pas capable de pardonner l'adultère ? Le paradoxe est tel, je ne sais plus vraiment ce qui est pardonnable ou pas. Ce dont je suis certaine, c'est qu'il est clair que divorcer, cela ne ferait qu'empirer les choses, voir me précipiter vers une mort certaine.

J'appréhende jeudi, revenir en ces lieux emplis de mauvais souvenirs. Il y en a des bons tout de même mais trop peu nombreux ces derniers temps. Nous partagions tellement de choses, nous pouvions parler à cœur ouvert, je ne me suis jamais autant confiée qu'à lui. Pourquoi nous infliger tant de souffrance ?

Les jours passent, je suis de plus en plus autonome. Nous avons récupéré l'essentiel de nos effets personnels, je suis bien contente de ne plus avoir à retourner dans cette maison.

Noël arrive à grand pas, ce sera un moment totalement différent des années précédentes.

Après la naissance de Sandy, j'ai instauré le repas du vingt-cinq décembre avec mes sœurs et les parents chez moi. Il était important que mes enfants connaissent l'esprit de Noël et sa magie. C'est censé être un moment de partage, d'amour. Mais là, cette journée si spéciale ne se fêtera pas en famille. Du moins, ce sera qu'entre nous.

Pat a fait des cadeaux aux enfants. Il a acheté un tracteur pelle à pédales à John et une poupée qui boit le biberon et fais pipi dans sa couche à Sandy. Quant à moi, je les ai emmenés directement au magasin pour qu'ils choisissent ce qu'ils veulent. Ce sera un train avec ses rails pour John et une Barbie avec deux tenues de rechange pour Sandy.

À la mi-janvier, je quitte le foyer Mère-Enfant pour m'installer dans un appartement social géré par le centre d'accueil.

Il est situé dans un immeuble à huit étages, c'est impressionnant. Notre logement, quant à lui, se trouve au quatrième. Nous prenons l'ascenseur avec Mr Etienne jusqu'à l'étage correspondant, nos sacs remplis en main. Je découvre un joli petit appartement tout équipé. Le hall d'entrée donne accès à une chambre à gauche, à droite la salle de bain avec toilette, en face la cuisine et le salon.

Dans la chambre, il y a un lit superposé et un lit simple, elle est petite mais c'est largement suffisant pour l'instant. La salle de bain possède une baignoire, les enfants vont pouvoir à nouveau jouer et se détendre dans l'eau. Il y a un placard dans le couloir pour ranger nos affaires, des draps et des couvertures sont à dispositions. La cuisine est équipée juste de ce qu'il faut, une cuisinière au gaz de ville, un petit frigo avec freezer, une table en formica contre le mur et trois chaises du même style, et un buffet contenant de la vaisselle. Quant à la partie salon, je suis agréablement surprise par la luminosité. Une grande vitre couvre tout un pan de mur donnant accès à un balcon par une porte fenêtre. Il y a un clic clac, une petite table basse et un téléviseur posé sur son meuble.

Je me sens bien dans cet appartement, un début de liberté retrouvée.

Demain, je me rends à l'école primaire pour inscrire Sandy ainsi qu'à l'école maternelle pour John. Elles sont toutes les deux côte à côte à proximité de l'immeuble, même s'il s'agit d'un quartier apparemment sensible, je ne m'inquiète pas.

Pour couronner le tout, derrière le bâtiment, une aire de jeux est à disposition.

Je remercie Mr Etienne, je lui suis reconnaissante, pour sa confiance, mais surtout, pour son soutien. Il est d'un professionnalisme rare de nos jours.

Sandy et John se sont très bien intégrés à leur nouvel environnement même si ce n'est que temporaire. John parle à nouveau depuis quelques jours, c'est un soulagement.

Pour l'instant, aucun incident à signaler.

J'ai le sentiment de revivre, je suis légère comme la brise, je ne connaissais pas cette sensation-là. Quel plaisir de me lever le matin, de préparer mes enfants pour l'école, de les emmener... Tous ces petits gestes du quotidien m'apportent réconfort et bien-être.

Il est convenu que leur père vienne sur place pour profiter de Sandy et John. La plupart du temps, nous allons au parc.

Pat est redevenu l'homme que j'aime mais attention, ce n'est pas pour autant que je retournerai à la maison. Il en est hors de question. Je profite de l'instant présent, cette accalmie dans nos vie si précieuse.

Désormais, il va falloir que je trouve un logement à moi. Mon choix se porte sur Le Teil, l'endroit où vivent mon oncle et ma tante. Je me dis qu'au moins, s'il y a un problème, mon oncle pourra intervenir. J'ai, malgré tout, cette menace qui trône sur ma tête. Je ne dois absolument pas oublier de quoi est capable Pat. Ses actes doivent restés ancrés dans ma mémoire, c'est important pour ne pas céder à ses avances.

Après six mois d'attente, un logement social m'est attribué dans un immeuble non loin du secteur souhaité. Certes il est petit, seulement deux chambres mais je m'en contenterai, Sandy et John partageront la pièce en attendant. C'est une nouvelle vie qui commence pour nous trois. Que me réserve l'avenir ? Impossible de savoir.

Mr Etienne a clôturé l'accompagnement social, il estime que je suis en capacité de gérer mon quotidien et celui de mes enfants sans problème.

Tout s'enchaine, le changement est là.

La séparation de biens et de corps vient d'être prononcée. J'ai la garde des enfants, Pat peut les prendre un week-end sur deux et une partie des vacances scolaires sous condition qu'il ne soit pas alcoolisé.

Je ne perçois aucunes pensions alimentaires car il n'a plus d'emploi pour l'instant. C'est la Caisse Allocation Familiale qui prend le relai en me versant l'allocation de soutien familiale.

Le partage des biens se fait avec la présence d'un huissier de justice, la moitié des meubles me revient. Je laisse Pat choisir ce que je prends pour mon nouveau logement. Je suis même surprise que tout se passe normalement. De toute façon, Pat réagit différemment face aux autres. Il n'avouera jamais à autrui ce qu'il m'a fait, les violences physiques, les insultes, les menaces de morts. Non, il n'avouera jamais.

Il préfère prétendre qu'il aime ses enfants, qu'il est prêt à tout pour eux.

Le fait d'avoir mon logement me laisse croire que je suis à l'abri. Ici, au moins, je peux verrouiller la porte à double tours.

Seul le temps me dira si j'ai raison de me sentir en sécurité. »

À mes chers enfants,
Ma chair, mon sang,

Chaque jour de ma vie,
Je vous vois grandi,
Malgré bien des tourments,
Je vous vois souriants.

Vous croiserez sur votre route,
Des embuches et des doutes,
Mais je serai à vos côtés,
Et si besoin, je vous guiderai.

Vos larmes, j'essuierai,
Vos peines, j'absorberai,
Vos rires, j'apprécierai,
Vos enfants, je bénirai.

À mes chers enfants,
Ma chair, mon sang,
Je vous aime tant,
Affectueusement,

Maman.

13

RECLUSE

Je suis là, posée sur mon transat, perdue dans mes souvenirs. Il m'est impossible de vraiment me reposer, cette journée est surréaliste, Pat s'envole vers l'au-delà pour l'éternité et notre histoire également. Ces souvenirs ne réveillent plus en moi de la souffrance, ils font partie de ma vie et de celle de mes enfants. Il n'y a qu'un pas entre l'Amour et la Haine.

Lorsque j'ai eu mon premier appartement en tant que femme séparée, j'étais persuadée que la violence s'arrêterait. Était-ce de la naïveté ? Était-ce de l'idiotie ? Était-ce de l'espoir ?

Ma petite dernière, Gaby, est née peu de temps après notre installation dans notre nouvel environnement, même si son père et moi étions séparés depuis quelques mois déjà, j'ai aimé plus que tout cette dernière grossesse malgré les circonstances.

Ce que je sais aujourd'hui, c'est que rien ne s'est arrêté complètement. Certes, Pat ne m'a plus frappé à coups de poing ou ni trainé par les cheveux mais les insultes n'ont jamais cessé. Dès que Pat était en état d'ébriété, c'est chez moi qu'il venait. Même avec un interphone à l'entrée du bâtiment, il arrivait toujours à entrer. C'était un cercle sans fin. Ni les forces de l'ordre, ni la justice n'a su réellement me protéger face à cet homme imprévisible et violent malgré les dépôts de plaintes. S'il ne pouvait pas m'atteindre, il s'en prenait à ma voiture (Batterie débranchée, tête de delco arrachée, pneus crevés, huile de moteur vidé...). Je n'ai jamais pu vraiment compter sur les autres.

Mon oncle est intervenu deux fois, une fois pour mes quatre pneus crevés, une deuxième fois pour ma porte d'entrée cassée qui ne se fermait plus à clef.

Pat a continué à voir nos enfants, il était clairement convenu avec lui : aucun alcool autorisé lorsqu'il avait les enfants. Et pourtant...

Une nuit, au cours de l'année deux mille neuf, je reçois un appel téléphonique.

— Madame, pouvez-vous venir récupérer vos enfants chez leur père ? Il y a eu un grave incident, Monsieur doit être transporté à l'hôpital.

Mon corps tout entier se met à trembler, le gendarme qui m'a contacté n'a pas souhaiter me donner plus d'information.

Je ne mets pas dix ans pour m'habiller et me rendre sur les lieux.

Lorsque j'arrive, Pat n'est plus là, mais John et Gaby attendent en compagnie de deux gendarmes. Sandy, âgée de dix-sept ans, est restée chez moi, elle ne va plus chez son père depuis ses douze ans.

Pat hébergeait chez lui un homme, ils étaient tous les deux alcoolisés. Après une altercation, l'homme a poignardé Pat en plein ventre devant mes deux enfants puis l'homme s'est enfui.

C'est John, âgé de quinze ans, qui a pris les choses en main. Il a appelé les secours et essayé de protéger sa petite sœur face à l'horrible vision de la scène. C'est dingue, il n'était même pas capable de s'abstenir de se saouler un week-end !

Les jours suivants, j'ai saisi la justice pour enlever le droit de visite et de garde et demander, cette fois-ci, le divorce.

Quelques mois plus tard, une décision de justice a été rendu en mon sens. C'est à dire qu'il ne pouvait ni voir ses enfants, ni les prendre chez lui. Même si, à un moment donné, j'ai souhaité lui ôter l'autorité parentale, je me suis abstenue. De toute façon, ses propres enfants ne voulaient plus passer de temps avec lui.

Combien de fois l'ai-je surpris à me surveiller devant mon lieu de travail ou en bas de chez moi ? De trop nombreuses fois.

Il m'avait promis de me tuer, comme il m'avait promis de ne plus jamais travailler pour de pas payer de pensions alimentaires. Il a tenu sa deuxième promesse mais au final, pas la première, je suis bien vivante.

Pourtant, combien de fois, j'ai failli tomber sous ses coups. J'aurai pu sombrer, mais je me suis battue comme une lionne pour avancer, ne pas céder à la peur même si j'étais tressaillie par elle.

Durant de nombreuses années, je marchais dans la rue avec une bombe lacrymogène dans la poche, la main posée dessus au cas où. Si par malheur je changeais de veste et j'oubliais de remettre la bombe lacrymogène dans ma poche, je serrais très fort mon trousseau de clef avec celle qui était la plus pointue entre les doigts prête à me défendre.

L'été, la bombe était dans mon sac avec un accès rapide, je prévoyais toujours la possibilité d'être attaqué par Pat dans un coin de rue. Je vérifiais plusieurs fois si je n'étais pas suivie en tournant la tête, ou, tout simplement, en restant attentive au bruit de pas.

Je n'ai jamais raconté à qui que ce soit mes tourments, jamais une plainte n'est sortie de ma bouche. Je montrais un visage souriant, toujours à l'écoute des autres et pourtant, à l'intérieur de moi, je me consumais lentement. Comment peut-on vivre ainsi en France ?

Le pays du droit de l'homme ? Foutaise !

Même si, avec les années, le gouvernement a essayé de changer les choses, du moins, a simulé le fait de changer les choses, il y a toujours autant de femmes qui meurent sous les coups de leur conjoint ou concubin. C'est une triste réalité.

Il y a toujours autant d'enfants traumatisés par leur parent ou par un autre membre de la famille. La violence cohabite perpétuellement dans nos quotidiens, il suffit de rester informé sur l'actualité pour s'en rendre compte.

Tout au long de ma vie, j'ai eu affaire à des monstres ou des situations difficiles, Pat n'est qu'une partie de l'iceberg.

Alors, à la majorité de ma Gaby, j'ai choisi de vivre recluse en pensant connaître enfin la sérénité. Un semblant de sérénité.

Mon adresse est méconnue, seulement mes proches et le facteur ont accès à mon petit paradis. Même si Pat n'est plus de ce monde, je vais continuer à vivre ainsi.

Je suis une privilégiée en fin de compte.

J'ai un petit chez moi dans les bois. Mes enfants ont construit leur vie malgré tout. Aucun n'est alcoolique ou réellement violent. Le mythe du soidisant tel père / tel fils est totalement faux. Il s'agit d'une excuse que beaucoup d'adultes utilisent pour se dédouaner de leur erreur.

J'ouvre les yeux. Chouchou et Mymy sont sur mes jambes. Princess est toujours couchée au sol. D'ailleurs, c'est bizarre qu'elle n'ait pas bougé depuis ce matin. Hormis pour lever la tête de temps en temps, elle devient vieille ma Princess.

Les mêmes bruits, les mêmes odeurs, je me sens bien malgré les douleurs quotidiennes, malgré les

cauchemars qui de temps en temps viennent me déranger la nuit. Oui je me sens bien !
Je suis Stacy, la Recluse d'Ardèche.

Liberté

Je ferme les yeux,
J'imagine les Cieux,
Je m'envole en ce lieu,
Instant merveilleux.

J'oublie la souffrance,
Une douce délivrance,
Quelques pas de danses,
En toute élégance.

Est-ce là la Liberté
Dont j'ai tant rêvé ?
Est-ce là la vérité ?
Seul l'après le sait.

Christel CLOT

TABLE DES MATIÈRES